微南京

由国庆 著

纸上金陵

广西师范大学出版社
·桂林·

纸上金陵

ZHISHANG JINLING

图书在版编目（CIP）数据

纸上金陵 / 由国庆著. --桂林：广西师范大学出版社，2020.7

（微南京）

ISBN 978-7-5598-2845-3

Ⅰ. ①纸… Ⅱ. ①由… Ⅲ. ①散文集－中国－当代 Ⅳ. ①I267

中国版本图书馆 CIP 数据核字（2020）第 087748 号

广西师范大学出版社出版发行

（广西桂林市五里店路 9 号　邮政编码：541004）

网址：http://www.bbtpress.com

出版人：黄轩庄

全国新华书店经销

广西广大印务有限责任公司印刷

（桂林市临桂区秧塘工业园西城大道北侧广西师范大学出版社集团有限公司创意产业园内　邮政编码：541199）

开本：787 mm × 1 092 mm　1/32

印张：5.625　字数：100 千

2020 年 7 月第 1 版　2020 年 7 月第 1 次印刷

印数：0 001~5 000 册　定价：42.00 元

如发现印装质量问题，影响阅读，请与出版社发行部门联系调换。

目录

序 救过往之实 为历史存真   001

范蠡筑城且爱美西施   001
朱元璋与沈万三豪赌   007
江南大侠甘凤池   014
历经风雨的五色旗   020
封面上的紫金山天文台   026
从大顺斋说到南京美食   031
南京人北上创办稻香村   037

刘海儿·爱司头·明星	044
波浪发：摩登与禁令	050
美眉涂唇彩	056
金陵女子爱"双妹"	063
旗袍高跟鞋醉南京	070
宋美龄的旗袍	078
裘皮时装亦风流	084
全运会·高尔夫	090
时髦自行车赛	099
金嗓子周璇与《钟山春》	106
礼和洋行的南京故事	112
阿部市洋行分设南京城	123
大名鼎鼎的"瓜子眼药"	130
月份牌画高手胡伯翔	137
扑朔迷离"入城"图	142
布拉吉·海军衫	150
南京有"熊猫"	157
后记	162

序

救过往之实　为历史存真

上月由国庆兄传来《纸上金陵》书稿,同时嘱我写序,说:"我给你支稿费。"国庆兄是我老友,他的老广告收藏与研究在业界很有影响,我猜他有关南京的藏品应能写成一部书,故在策划"微南京"丛书之初就想到了他。"微南京"丛书,当然主要是南京人写南京,但我又觉得只要言之有物,作者是不是南京人,并不重要,甚至外国人,也无妨。因此,请国庆兄来加盟这套丛书,便心安理得了。

国庆兄在接到我的约稿请求后,很郑重地说:"我先要看看我的藏品够不够写成一本书,绝不能对付老兄。"过了一段时间,他来电话,说藏品恰好够用,但还想尽量多找一些有趣的。有一天,他说新搞到一张有关甘大侠(甘凤池)

的故纸，正好能写入本书，愉悦之情溢于言表。后来，他又陆续收到几张和南京有关的老广告，都充实到了书中。这样，他就用一张张稀见的故纸为我们构筑了一个既熟悉又陌生的"纸上金陵"。

以往反映南京历史文化的书籍多是宏观观照，或集中研究个别历史事件，未能从相对微观的角度较为系统地呈现都市生活的细节，因而我们看到的不是可触摸的历史，不能更细致地把握过往生活的情致。这样，在文学和影视作品中我们很难看到原味的民国南京。原味，不仅体现在生活细节上，比如服饰、歌曲、饮食等方面，更体现在对整体情致的把握上。《纸上金陵》的最大特色是用自己收藏的故纸来解读和还原过往南京的面影，材料真实，解读细腻，能使人触摸到真实历史的细节。国庆兄不是南京人，恰具有"他者"的眼光，既能从一般人感到陌生的广告上读出人们熟悉的故事来，也能从人们熟悉的画面上勘察出诡谲的历史烟云。第二，国庆兄是老广告文化、民俗研究方面的专家，在谈及南京的广告和民俗时能从中外交流的高度，从南京与国内其他城市的历史联系中抓住广告中的历史信息，不是就南京谈南京。第三，国庆兄对于城市文化有较深的研究，对于南京城市文化的整体把握比较准确，如他认为"南京素来为兵家、政权必争的重镇，人口往来频繁。同时她又是沟通南北的一方宝地，南北文化、中西理念在这里汇聚、交融，自然造就了南京海纳百川、凝重而不泥古的品性"。"凝重而不泥古"，我觉得抓得就很准。有了这样的认知，就把握住了南京这个城市的整体情致。这样，书中二十几篇文章就有了主心骨，形散而神不散。

近日偶然读到宋陈亮《送吴允成运干序》，发现其中有一段话讲得很好："犹记为士者必以文章行义自名，居官者必以政事书判自显，各务其实而极其所至，人各有能有不能，卒亦不敢强也。自道德性命之说一兴，而寻常烂熟无所能解之人自托于其间，以端悫静深为体，以徐行缓语为用，务为不可穷测以盖其所无，一艺一能，皆以为不足自通于圣人之道也，于是天下之士始丧其所有，而不知适从矣。"《纸上金陵》中的故纸，如广告、仿单等，就是昔日"一艺一能"的展示。这些艺与能自不必尽通于圣人之道，但都曾有益于社会，这与以文章行义自名、以政事书判自显，实殊途而同归。搜集整理前贤文章，人皆视为雅事、正事，而搜集广告、仿单等，世人多以为是藏着玩玩，于世道人心无甚作用，更无法通于圣人之道。《纸上金陵》却证明故纸有情，深研之，亦能成学。能成学"而极其所至"，亦必会通于圣人之道。关键在于不能临渊羡鱼，而要"各务其实"。"微南京"就是想为"各务其实"的成果提供一个相对微观的展示平台。

国庆兄既要为序言出稿费，那就要写短点，就此打住，免得跑题，拖成长篇，让老友多破费。

张元卿

2020年1月6日于九乡河

范蠡筑城且爱美西施

回溯历史,有时像在观看一部"穿越剧"。话说战国初年,公元前473年越国打败吴国。次年(前472),越王勾践委派范蠡(前536—前448)在南京秦淮河入江口南岸,也就是现今长干桥西南一带的高地间修筑城池,由此掀开了南京史的重要篇章。越城,南京主城地区有确切年代可考的最早的一座城池。

范蠡辅佐越王二十余年。范蠡,字少伯,出生在楚国宛地(今河南南阳)。其人虽出身贫寒,但并未消沉,他凭借聪慧的天资,自小发奋读书,至青年时代已学富五车,上知天文、下知地理,满腹经纶。然而,文韬武略的范蠡在权贵专制、政治混乱的楚国始终不被人赏识。约公元前496年,范蠡来到越国,一下成为栋梁之材,最终帮助勾践成就了大业。

去年金秋时节,笔者在天津海河边旧书摊上淘到一张"范蠡舟"品牌老商标画,它是民国时期山东济南鸿顺东织染厂使用的布匹商标。当时,该品牌纺织品质量上乘,曾流行于沿海城市外国租界,并远销海外,缘此,鸿顺东在商标画上特别将厂商、地址等广告信息以英文来表述,方便外国人认知。有趣的是,这纸商标上描绘的正是我中华最浪漫的传说之一——范蠡与西施泛舟乐山乐水的故事。

有道是,自古英雄爱美人。春秋末年战火连绵,公元前494年越国攻打吴国,越国败,臣服的越王勾践在范蠡陪同下到吴国做奴仆。在吴,勾践任劳任怨卖苦力,慢慢赢得了吴国国君夫差的信任。几年后,勾践、范蠡被赦免,他们重回越国,勾践由此发愿卧薪尝胆、重整兵马,期待早日歼灭吴国。范蠡等人致力发展经济、强军强国,与此同时又生出美人计——给夫差送美女,意欲消磨吴国之君的意志。为此事,范蠡到民间物色佳人,天生丽质、美貌无比的民女西施、郑旦等被选送至吴国。民间传云,在此过程中范蠡也喜欢上了西施,二人产生感情并私订终身……

越灭吴,范蠡功不可没,被勾践封为上将军。范蠡受命筑城所选之地原本荒凉,北临秦淮河,南倚雨花台,西控

范蠡西施泛舟

长江；建城后，这里一举成为越国威慑楚国、争霸中原的要地。《六朝事迹编类》《景定建康志》《至正金陵新志》等史料记载，越城"周回二里八十步"，周长相当于现在的九百多米，尚不足一公里（文史资料也有约1.2公里说），面积也不足一平方公里。若以现下的目光审视，此城实在"袖珍"，但它"筑城江上，以镇江险"，越国更凭借越城而雄起。此城也被称作越王城、越王台，同时因范蠡所筑，后来又俗称范蠡城、范蠡台。

功成名就的范蠡在此时却出人意料地选择了急流勇退。他毅然离开越国，带着自己的心上人西施，一起乘着小船四处游赏，过美满生活去了。记载吴越历史、地理的典籍《越绝书》中说："吴亡后，西施复归范蠡，同泛五湖而去。"

范蠡与西施的情爱传说当然让历代民众津津乐道，乃至成为中国人理想生活的一种文化符号，并在文艺作品中广为流传。故事虽美，但似缺乏历史依据。《史记》载，范蠡一家离开越国后落脚齐国，他们"耕于海畔，苦身戮力，父子治产。居无几何，致产数十万"。这其中根本没有西施的影子。再后来范蠡四处经商，也没涉及其与西施的关联。

传说归传说，但范蠡建越城确为史实，范蠡二度迁居也是史实。范蠡在齐国积累了大量资财，名闻四方，"齐人闻其贤，以为相"，可他仍不为高官所动，辞去相职后迁居陶地（一说今山东肥城陶山，一说菏泽定陶），大兴实业，所涉范围举凡庄稼种植、牲畜饲养、渔业养殖等无所不包，成为一代富贾。据传范蠡有《养鱼经》《兵法两则》《致富奇书》《陶朱公商训》等著作传世，被尊称为"商圣"和"财神"。

我们再回到范蠡建造的古越城。越城地理位置优越，素来是兵家必争之地。越城城池的使命大致到了隋灭陈时才被平毁终结。越城遗址在宋代还曾作为军寨，到清代尚有遗迹，文人周宝英在《越城》中云："禅院风清古迹埋，长干西畔小徘徊。一堆土石迷烟草，人踏斜阳问越台。"

岁月沧桑，古越城被学界公认为南京建城史的重要开端，对南京的城市变迁、城市发展产生了深远影响。

朱元璋与沈万三豪赌

明太祖朱元璋与南京有着不解之缘。元至正十三年（1353），朱元璋攻下定远城后，采纳谋士建议，以金陵作为根据地，1356年攻下南京，改称应天府，此后又经12年奋战，他终于打垮长江中下游的割据势力，于1368年正月在南京称帝，国号大明，年号洪武。次年，明太祖朱元璋召集群臣商议都城选址事宜，其中包括长安、洛阳、开封、北平、临濠（安徽凤阳）、南京，最后，朱元璋听取了大臣刘基的劝说，改南京为京师，定都城。

在中国统一天下的开国皇帝中，草莽造反起家的，除汉高祖刘邦之外，恐怕当数儿时家贫、以讨饭求生的朱元璋了。朱元璋是位颇具传奇色彩的帝王，虽然肃贪廉政为世人所称道，但骨子里依旧抹不去那草莽性情。朱元璋嗜赌，与中山王徐达对弈，曾以"若败，钦赐莫愁湖"为赌注，结果他输了，眼都不眨地赐了莫愁湖。朱元璋酷爱象棋、围棋等，与人下围棋"赖棋"只赢一子的故事也在民间传为笑谈。

笔者收藏有一幅20世纪30年代的月份牌广告画《明洪武豪赌图》，描绘的是朱元璋与江南巨富沈万三掷色子设赌游戏的情景。绘画者是大名鼎鼎的谢之光，其人在海派月份牌画坛享有"怪才"之誉。他见当时上海有不少人喜欢打麻将，遂突发灵感，于1935年应中国福新烟公司宣传嘉宝牌香烟之约，绘制了《明洪武豪赌图》。

能与明太祖对弈设注的绝非等闲之流。《明洪武豪赌图》中的主角之一沈万三，立业发迹于江苏周庄。2004年4月，笔者在古镇周庄考察发现，600余年后的今天，从"万三蹄""万三糕"到沈厅、万三水冢，沈万三依旧是当地最有名的"人文品牌"。沈万三从躬稼垦殖发富，不仅精通资财管理，还广开海外贸易，迅速成为"资巨万万，田产遍于天下"的江南第一豪富。周庄由村落而辟为镇，"实为沈万三父子之功"。沈万三有多富？他对金银餐饮器皿都不屑一顾，豪华奢侈高过王府公侯。此一例大可管窥其富之一斑。以至于后来，沈万三成为商人，特别是东南亚一带华商所供奉的"五（位）财神"之一的原型，俗称"富财神"。

朱元璋与沈万三豪赌

《明洪武豪赌图》的蓝本或许源自民间传说，或许只是画家笔下的故事，但沈万三之富曾吸引着朱元璋的视线，进而招来他的嫉妒，确是史实。朱元璋定都南京筑城时，沈万三捐资建洪武门至水西门城垣，后又献金银、物料建南京的廊庑、酒楼等。朱元璋表面上虽封了沈万三两个儿子官职，但对沈家的"忘乎所以"始终耿耿于怀。据清时的《周庄镇志》记载，明太祖见沈万三既助筑都城又犒劳军民，竟大怒道："匹夫犒天子之军，乱民也，宜诛之。"随即，沈万三被发配云南充军，以后沈家九族也大受株连。

画中的朱元璋横眉凝思，努着嘴，涩滞的目光盯着前方，身体紧靠桌案，十指张开扣住大小金元宝，可谓十足的赌徒形象。而他的对手沈万三却很坦然，不紧不慢，指着手中的那纸一百万两的银票，似乎正与朱元璋说着什么。沈万三挥金如土，当然不惧豪赌，他身后成箱的银两（封条字迹为"沈万山"）和聚宝盆是无尽的赌注。这正是令明太祖眼红的关键所在。

聚宝盆的传说在中国已有千年的历史，后来民间提到此物总喜欢与沈万三关联在一起。《坚瓠集》所记传说云：沈万三最初家境贫寒时，偶见一渔翁捕捉到百余只青蛙，将要宰杀之时，沈万三不忍，将其全部买下，并放生于距家不远的池塘里。嗣后，青蛙喧鸣不已，嘈杂刺耳的声音吵得他夜不能寐。清晨，他去驱逐青蛙，却见那些青蛙盘踞在一个大瓦盆中，令他惊奇不已。沈万三捞出瓦盆回家做了洗手盆。一日，其妻无意间将一枚银印章滑落盆中，只见盆中的银印章竟神一般不可计数了。紧接着用金银再试，同样如此。沈家一举富甲天下！沈万三拥有聚宝盆也是他被尊为"财神"的重要原因。

《明洪武豪赌图》充分融会了朱元璋和沈万三的人文故事与民间传说，画作印行后成为谢之光的重要代表作。画中人物个性鲜明，惟妙惟肖，室内场景刻画入微，用色沉稳细腻，足见其画技过人。《明洪武豪赌图》为独幅式对开月份牌广告，由名厂三一印刷公司承印，精美得连人物服饰上的纹路也采用金粉特印，可谓锦上添花。在上海滩如云的时尚美女明星题材的月份牌画中，《明洪武豪赌图》以独特的风格和动人的情节引一时之盛。

朱元璋不仅好赌，也喜欢美食，后来民间多有逸事流传。在南京召开的第十届明史学术研讨会上，台湾学者邱仲麟言及一份洪武十七年（1384）中期某天朱元璋的午餐菜谱，据称该菜谱是从明人笔记中发现的。菜谱中详细列出胡椒醋鲜虾、烧鹅、燣羊头蹄、鹅肉巴子、咸鼓芥末羊肚盘、蒜醋白血汤、五味蒸鸡、糊辣醋腰子、蒸鲜鱼、五味蒸面筋、羊肉水晶角儿、三鲜汤、绿豆棋子面、椒末羊肉、香米饭、蒜酪、泡茶等吃食。

江南大侠甘凤池

一日,我在某故纸拍卖交易平台闲看,见大多数藏品自己都有收藏,所以也就有心无心地权当休息了。咦,手机屏幕上忽闪出一侠士,他背着宝剑,骑在赤兔马上,正威风凛凛地向西奔行……放大细看,此人乃江南大侠甘凤池,民国时期某纺织品印染厂商以其形象入画,将产品命名为甘凤池牌。这天晚上说来怪怪的,咋不见有人"托价"呢?我干净利落捡漏儿收下"甘大侠",窃喜之余想他定有故事。

甘凤池,南京人也,是清代著名武术家。甘凤池自幼父母双亡,孤苦伶仃,极好武功,十几岁时就以"提牛击虎的小英雄"名扬江南。"人往高处走",甘凤池遍访名师,在余姚城拜在了黄百家门下。这黄百家是大思想家、史学家黄宗羲之子,深得王来咸等名师真传。就这样,甘凤池潜心修

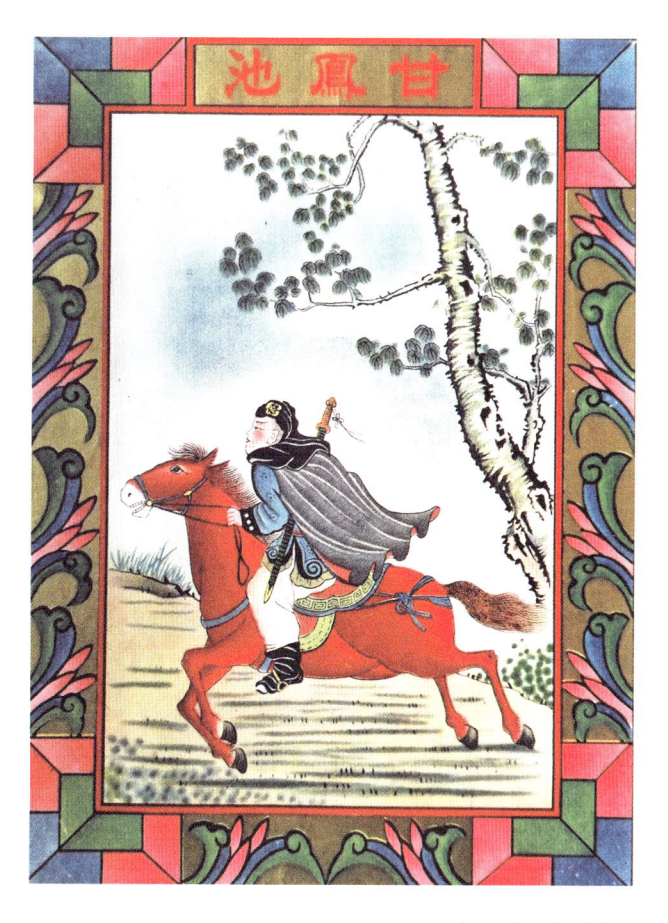

老商标上的甘凤池很威武

炼，日日精进，一晃就是三年。此时，黄百家告诉徒弟已将所掌握的内家拳法全部传授给他了，在余姚往南八十里的大岚山上汇聚着各路英豪，建议他到那里去一展武功，干出惊天动地的大事来。甘凤池谨遵教诲，在大岚山又拜一念和尚为师，系统学习少林拳法，并开始了行侠仗义、行医济世的传奇人生。

传奇与传说，一字之差，一念之间。《清史稿》中载有甘凤池传，称其少年时以勇猛闻名，说康熙年间他在京师达官显贵府邸做门客，当时有个来自济南的力士张大义要与他比武，结果败在他手下。甘凤池后来到扬州某富商家里欲做门客，人家府中正有武功高手马玉麟，结果甘获胜了。再看，浙江总督李卫在雍正八年（1730）十二月初二给雍正皇帝的奏折中是这样描述甘凤池的："炼气精劲，武艺高强，各处闻名，声气颇广。"这样的朱批奏折是可以采信的史料。岂料后来，甘凤池和他的儿子因参与反清复明活动而被李卫缉拿。《清史稿》里有李卫传，其中记载："江宁有张云如者，以符咒惑民，卫遣伺察，得其党甘凤池、陆同庵、蔡思济、范龙友等私相煽诱状。"甘氏父子被抓后，事情被查得水落石出，民间传说是因父子招供有功才得以活命。甘凤池八十岁左右老死家中。

江湖上关于甘大侠的故事颇多，最有看点的当是他与雍正皇帝扯上了干系。人云甘凤池一度为雍正皇帝麾下的剑客，后因不满雍正所作所为而愤然离开。走出皇城的甘凤池收武艺高超、尤擅剑术的吕四娘为徒，可是后来吕四娘受"反清复明"的影响，乔装改扮混入宫中刺杀雍正。这一演绎版本在坊间一直传说着，但始终未有正史可资。值得关注的是，吴敬梓的《儒林外史》里也有甘凤池的影子。小说中提到《易筋经》与凤四老爹，说："他的手底下，实在有些讲究，而且一部《易筋经》记得烂熟的。他若是趱一个劲，哪怕几千斤的石块，打落在他头上、身上，他会丝毫不觉得。"一般人认为凤四老爹的原型就是甘凤池。再有，单田芳在评书中说甘凤池早年与震八方紫面昆仑侠童林交好，帮他开宗立户，平山灭寇，捕盗捉贼。可是到了雍正年间，甘凤池与童林等剑侠反目成仇，且杀了不少江湖高人，落得晚节不保。另外，梁羽生在《江湖三女侠》《冰川天女传》《云海玉弓缘》《冰河洗剑录》《风雷震九州》等小说中也不断提及甘凤池，说他是江南八侠之一、武林领袖。

书归正传。甘凤池一生创编了不少武术套路和拳谱，如《甘凤池十三手》《甘凤池拳谱》《花拳总讲法》等。早些年的《体育文史》编辑部珍藏着一部《花拳总讲法》手抄本。

抄本首页有笔迹云:"乾隆四十五年,京(金)陵甘凤池先生谱,花拳总讲法,海昌俞昂云先生藏本,姜柘村先生传授,李潭月先生传,门人杨叶洲又藏。"

武林中有一较为稀见的拳法叫"双插子",又名"南侠展昭",其套路特点是结构严谨、短小精悍,动作敏捷,舒展大方。双插子风格属南派少林,相传为甘凤池所创,但年久失传。20世纪80年代,"双插子"在江苏民间经挖掘抢救得以保存,后更名阳湖拳,并成为非物质文化遗产。

历经风雨的五色旗

笔者收藏有一张民国时期的纺织品商标画,上面画着"五色旗"图样,它的出现与近代南京及辛亥革命息息相关。

五色旗是辛亥革命后南京临时政府、北洋政府使用的国旗。长方形的旗子上,红、黄、蓝、白、黑按顺序横条排列。关于其寓意,学界与民间素来莫衷一是,有说表示汉、满、蒙、回、藏五个民族和谐共生;有说是由清代海军的五色官旗衍生而来;也有说五色参照了五行学说;还有说五色表示五方,代表中国地大物博;另有说五色与温、良、恭、俭、让等"五德"相符。

清政府原使用黄龙旗。早在光绪三十二年(1906)冬天,孙中山领导的中国同盟会在讨论《革命方略》时就提出过国旗草案。1911年10月武昌起义不久,关于五色旗的定性事

纺织品双旗牌老商标上的五色旗图样

宜再被各方人士不断提出，也曾利用媒体予以公布，也曾在讨论时产生过争论，也曾先于江苏、浙江、安徽等地悬挂起来。当年12月28日南京各省代表会议通电全国，号召在次日选举临时大总统时"凡我国国民应于是日悬挂国旗以志庆典"。1912年1月1日孙中山就任临时大总统，南京、上海等地普遍悬挂了五色旗。1月10日，南京临时参议院通过决议，决定将五色旗作为临时的国旗，并请孙中山"饬部颁布各省施行"。但孙中山出于种种考虑与复杂因素暂时搁置了通告各省的提议，而希望各省代表再复议考虑。

1912年2月13日孙中山辞去总统职务，2月15日袁世凯就任临时大总统。此后，袁世凯公布过渡暂行办法，规定"国旗暂用五色旗"，并照会了各国驻华公使。当年5月，经北京临时参议院会议讨论表决，袁世凯于6月8日颁布命令，宣布五色旗成为法定国旗。民国初期风云跌宕，此后因时局变动，五色旗也被废除过，又被恢复过。1926年7月北伐战争以来，有些地方已开始换下五色旗，直至1928年12月29日张学良在东北宣布易帜，这面旗子才彻底退出历史舞台。

说到五色旗，有必要谈及两位重要人物，一是江苏武进人赵凤昌，一是浙江余杭人章太炎。

2012年12月12日的《南京日报》刊有《民国五色旗

出自赵凤昌之手》一文，文中称："同盟会中部总会和东南立宪派骨干人物宋教仁、陈其美、程德全、庄蕴宽、赵凤昌等是五色旗的主要推手……赵凤昌便是旗帜的设计者。"赵凤昌活跃于清末民初中国政坛，可谓近代史上颇具影响的传奇人物。早年，赵凤昌曾入张之洞幕府，深得信赖。辛亥革命前后他居住上海，与各方军政人士、江浙名流来往密切，其公馆惜阴堂（位于南洋路）成为南北双方非正式的议事场所。赵凤昌广泛参与出谋划策，特别对民国的建立、五色旗的诞生产生了强有力的作用，享有"民国诸葛""民国产婆"等美誉。

民主革命家、思想家章太炎也为五色旗的选定与推行不遗余力。1911年11月章太炎从日本回到中国后，面对各方对五色旗的争论，力排众议，强烈推举五色旗作为中华民国国旗，坚持认为五色"代表我国汉、满、蒙、回、藏五个主要民族，表示我国民族大团结和国家性质是共和主义，走向世界大同，这是我们多年革命的宗旨"。章太炎的观点得到大多数人的支持。1936年6月章太炎在苏州去世后，按当地风俗要在棺内用丝绸覆盖，其夫人汤国梨就用与五色旗颜色相同的五色绸按顺序排列在棺内，以示纪念。

聊罢五色旗风风雨雨的故事，我们即可知晓双旗牌故纸推行与使用的年代了。商标主图四周有漂亮的花边装饰，这也是老潍县（今山东潍坊市）纺织品商标的典型特点之一。这纸商标左右标有"栾鹏云记　拣选细斜"字样，"细斜"是较为高档的质地细密的斜纹布。当时，潍县手织布业虽仍以家庭作坊生产为主，但随着进口机器的不断增加，各作坊愈发走向专业化、商业化。20世纪20年代中期，品质上佳的土布、斜纹布等不仅畅销山东各地，还远销到天津、江苏、上海等地。

封面上的紫金山天文台

得见一张民国时期中华书局推广新刊物《少年周报》创刊号的广告纸,感觉颇有眼缘,几经查考获知,封面图画与南京有关。

说起来,《少年周报》创刊于1937年4月1日,据广告获知,《少年周报》以"灌输少年时代知识,培养少年良好德性,陶冶少年活泼情感,训练少年实用技能"为办刊宗旨,力图"用简练的文句附精美的插图,介绍现代少年应该获得的知识"。广告上附有创刊号的封面样,主图是一处小山巅天文台的风景,到底是哪一家,广告与封面样上皆无注明。乍一看,我以为是位于老上海松江的佘山天文台(建于1900年),但无明确史料支撑,不敢妄断。最后查找到封面原件图片,经过仔细甄别发现,创刊号封面左侧标有"小赤

《少年周报》广告

《少年周报》创刊号封面

道仪室之背面"细小字样,顿时"解谜"。

小赤道仪室是紫金山天文台最早的著名建筑之一,奠基于1933年9月23日秋分那一天,其圆顶是由老上海礼和洋行在德国制造后运到南京再安装的。这一时段,天文台整体工程正如火如荼向前推进。

紫金山天文台位于南京紫金山上,是中国人自己建立的第一个现代天文学研究机构,被誉为"中国现代天文学的摇篮"。天文台的前身是成立于1928年2月的国立中央研究院天文研究所,此话还要从20世纪初叶说起。

1913年10月,亚洲各国观象台台长会议在日本东京召开,主办方竟邀请由法国教会操办的上海观象台代表中国出席。消息传出后举国哗然,文化知识界尤其不满。当时的中央观象台台长高鲁发誓要建造一座能与欧美国家媲美的属于中国人自己的天文台。当时的有识之士提出,天文台必须按照中式风格设计,于是该工程交给了杨廷宝主理的基泰公司筹办。

1927年4月,国民政府迁都南京,为颁布授时的需要,教育行政委员会内附设时政委员会。此后中央研究院设立,时政委员会改称观象台筹备委员会。1928年2月,观象台筹委会被划分为天文、气象两个研究所,高鲁担任天文研究所所长。同年4月,高鲁请南京市工务局设计天文台建筑图,并亲自到紫金山勘察。

1934年8月,紫金山天文台建成,9月1日举行了落成揭幕典礼。天文台位于风景秀丽的紫金山第三峰,牌楼为三间四柱式,覆蓝色琉璃瓦,横跨于石阶上。各个建筑间以梯道和栈道通连,各层平台突出中国建筑风格,建筑台基与外墙用毛石砌筑,显得朴实厚重,与紫金山浑然一体。

《少年周报》创刊号封面上采用了紫金山天文台风貌图,正说明天文台在当时的广泛影响,特别是对青少年的强大吸引力。

中华书局推出的这本刊物,每星期四出版一册,一册一期,每期32面,广告上特别注明"每期均有影写版图",这档次在当时不算低。《少年周报》每册3分(大洋),全年52册仅需1.5元钱,且开展函购业务,寄往中国国内以及日本是免费的,可谓超值的文化享受。

1950年5月,中国科学院紫金山天文台成立。紫金山天文台的建成标志着中国现代天文学研究的开始,中国现代天文学的许多分支学科、天文台站都是从这里诞生、组建和扩展的。

从大顺斋说到南京美食

若说北京的糕点铺面,不得不提几百年的老字号大顺斋。它可是明朝崇祯年间创下的买卖,一直经营至今。

崇祯十年(1637)的时候,南京的一名回族人刘大顺拉扯着妻儿老小北上,落脚北京通州谋生。起初,他只是靠着原来的手艺做些糖火烧,在街头巷尾吆喝着卖。刘大顺生性实在,他的火烧个大味好,不多时日就有了回头客,小买卖一点点火起来。没过多长时间,刘大顺在街上开了一间小店,取名"大顺斋"。大顺斋的买卖如同字号名字,一直顺顺当当的,到了清康乾盛世的时候,大顺斋已经是有五间铺面的大买卖了,各种糕点花色齐全。以价廉物美著称的大顺斋招徕了许多顾客,妇孺皆知。

日久天长,大顺斋积累了丰富的营销经验。比如,他们以折扣价将糕点批发给小商贩,鼓励他们到车站售卖,这样一来,大顺斋的糕点就走出了通州,行销北京城内、天津及周边地区,许多吃过大顺斋点心的人也愿意替他们做宣传。至晚清时,大顺斋在一代又一代人的奋斗下,在北京城内相继开设了几家分号,创制出许多独具风味的清真糕点,成为同行业的佼佼者。

话回金陵城。南京是六朝古都、十朝都会,人文荟萃,物产丰富,南京的传统食品可谓中华民族灿烂文化长河中的一颗明珠,享誉世界。全国郑和研究会理事、学者郑自海曾在《浅谈南京清真餐饮文化——从"郑和航海宴"的开发说起》一文中提及笔者的专著《追忆甜蜜时光:中国糕点话旧》,且提及大顺斋,并由此谈到南京的清真美食。

南京清真美食素有优良传统,脍炙人口,这在清代文人的记载中就可发现端倪。比如清人有元宵诗:"桂花香馅裹胡桃,江米如珠井水淘。见说马家滴粉好,试灯风里卖元宵。"清代美食家袁枚在《随园食单》中也说:"松饼,南京莲花桥教门方店最精。"《浅谈南京清真餐饮文化》一文中记载,民国年间中国回族饮食业仍保持着"回回两把刀,一把卖牛肉,一把卖切糕"的特点,这一现象在当时的南京尤为明显。文中例举了1934年的南京回族职业调查统计资料,

正明齋（東記）

本齋應做四時糕點五仁細餡應節
禮品各樣細點茯苓餅拾錦炸食
大小八件葷素各種月餅糖米元宵
龍鳳喜餅回盤糕餅外代行匣不誤
主顧開設北京前門大街鮮魚口外
遠路東分設三里河北橋灣路西
正明齋東棧鮮魚口內小橋路南正
明齋文記前門大街五牌樓南路東
正明齋晉記請公賜顧請認明東記
東棧文記晉記庶不致悞

〔正〕〔圖〕

大順齋拉动了北京糕点业发展，图为旧年同行仿单

资料显示:"南京回族从事饭店、牛肉店、茶食店等与饮食相关的从业人员达9824人。"随后,南京同业公会又有统计:"1940年南京有清真茶食糖果店24家,炒货业36家,清真饮食37家,宰牛业33家,清真牛肉铺67家。"由此可见,民国时期南京清真餐饮业发展之盛。

薪火相传,到了2012年,中国航海日活动南京组委会筹备各项工作,其中,如何安排好中外来宾中穆斯林代表的就餐问题也提上议事日程。学者郑自海在文中表述:"中华老字号、中华餐饮名店清真南京安乐园菜馆,因为在2005年纪念郑和下西洋600周年期间,曾组织有关人员赴云南、福建考察采风,搜集整理了有关郑和的文化素材,并与江苏省郑和研究会的专家们一起探讨,共同研制出一套经典清真菜单,并定名为'郑和航海宴',受到参会代表一致赞扬。"当时的十几道菜品是:宫灯开宴、八方来贺、瀛涯金丝、南海宝珍、宫廷一品、西域风情、舳舻万里、翡翠舟横、维艄挂席、龙宫探宝、天竺飘香、碧波荡漾、梯海远航等。

在2012年航海日活动中,安乐园菜馆再次被选定为接待单位。为提升"郑和航海宴"的文化内涵,菜馆进行精心准备,并将明朝国宴中的清真专桌,以及郑和在海外的传说故事等内容,纳入了新版"郑和航海宴"之中。新开发出的佳肴有：婆罗燕窝、暹罗稻香、榴梿忘返、鸭都舰队、宝岛种姜、郑和麻将、柯枝渔网、也门羊排等，广受中外嘉宾好评。

南京人北上创办稻香村

老字号稻香村食品始于江南,遍布长江中下游地区街市。《清稗类钞》中记载:"稻香村所鬻,为糕饵及蜜饯花果盐渍园蔬食物,盛于苏。"稻香村又是南味食品驻庄北方一派的代表,信誉久著。

关于"稻香村"一名的由来众说纷纭,莫衷一是。有人说源于诗词,如"一畦春韭绿,十里稻花香",以及"稻花香里说丰年,听取蛙声一片"等。关于此,《红楼梦》中"大观园试才题对额 荣国府归省庆元宵"一回里也有宝玉借古人诗句"柴门临水稻花香"取名"稻香村"的情节。另有一说,"稻香村"源于八仙神话故事。说很久以前江浙一带有家卖熟食的小店,开始生意冷冷清清,忽然有一天店里来了个瘸腿老汉,他原是铁拐李的化身。从此小店的饭菜鲜香扑鼻，生意大增，也改叫"稻香村"了。

清光绪二十一年（1895），南京人郭玉生选址北京前门外观音寺附近（今大栅栏）开办了一家食品店，字号"稻香村"。当时的稻香村有三间门脸，二层小楼，进门后左边是青盐店，右边是茶食柜，门楣上有一块"稻香村南货店"黑漆金字匾额。稻香村前店后厂（俗称连家铺），自制各式南味糕点、肉食，既好看又好吃。郭玉生他们的糕点不但花样翻新，且重油重糖，存放数日不干，这在气候干燥的北京是很受欢迎的。稻香村生产的冬瓜饼、姑苏椒盐饼、猪油夹沙蒸蛋糕、杏仁酥、南腿饼等都是在京城首次露面，这让习惯吃北方"饽饽"的食客享受到了精致、正宗的南方美食。

许多文化名人如作家冰心、燕京大学教授马约翰、京剧名家谭富英等也经常光顾稻香村。1912年5月鲁迅来到北京，寓居绍兴会馆，这里距稻香村仅二三里路。据《鲁迅日记》载，在1913年至1915年短短两年多的时间里，鲁迅到稻香村购物达16次。

20世纪30年代末，动荡的局势直接影响到各行各业，北京稻香村也随之歇业，店中的一些伙计相继自行开办了新买卖，传统风味得以延续。京津两地近在咫尺，天津闹市也开办了多家稻香村，明记、森记、全记、源记、合记、福记、

稻香村开到老北京前门大街上

糕点常常与香茶为伴,图为民国时期南京茶庄老广告

信记、祥记、钟记、桐记、裕记、林记、朋记等各家，全都仰仗"稻香村"这块金字招牌营生，且竞争激烈。同行竞争也有益处，八仙过海，各显其能，你的买卖必须创制出或采购来超人一等的吃食，老百姓才会买你账，无形中也促进了天津南味食品、南味糕点业的兴盛。"南京"的商业因子也缘此流播到天津。

据2009年公布的"首批津门老字号公示表"显示："天津市稻香村食品有限公司（稻香村森记）创始于1908年。"1908年即光绪三十四年。

位于福煦将军路（今滨江道）上的森记稻香村的南味食品货真价实，金华火腿、南京板鸭、广东腊肉，以及江南的面筋球、年糕等皆有出售，生意一直红红火火。有些特色食品则由南方师傅现做现卖，叉烧肉、熏鱼、熏鱼头、糖醋银鱼、白斩鸡等，无不新鲜正宗。森记自制的小腊肠最为脍炙人口，它选料考究，用鸡肠肠衣灌制，制作精细，外观小巧，枣红色油亮诱人，备受欢迎。端午之际，森记粽子的馅料同样丰富，别有风味，素粽子有无核蜜枣馅的、澄沙馅的，肉粽子有叉烧肉馅的、红烧肉馅的、腊肉馅的，口感甜咸，竹叶清香，肥而不腻。

林记稻香村也开设在福煦将军路上。林记开业晚于森记，但不乏自家特色。除了一般的南味食品外，林记自制有多种口味的糖果，如薄荷糖、玫瑰糖、松子糖、芝麻南糖、芝麻卷、芝麻条等。南味的素鸡、素火腿、素什锦等也拥有很多回头客。值得一提的是林记的素什锦，主料精选面筋、黄花菜、果仁、黑木耳、南荠、冬笋、香菇等，不惜成本，再用上好的香油、味精、盐、酱油、白糖等精心烹饪，口味出众。

传说林记最初取名的意思是要在"森"字头上动刀，削掉他的一个"木"。就这样，身为同一品牌下的两家商号开始了激烈竞争，他们在价格、质量、进货、宣传、员工管理等方面无不针锋相对。比如有一年卖月饼，森记有一种卖2角5分钱的半斤重的月饼销路很好，林记于是派人买回几个进行剖析，然后迅速推出一批售价2角的4两重的月饼，一下子吸引了不少顾客。森记岂能罢休，同样也是买来研究，并将林记月饼存在的问题公开告诉顾客。类似的恩恩怨怨旷日持久，直到20世纪50年代公私合营后才有了新开始。

同处福煦将军路的另有开业于1919年的明记稻香村；也是稻香村系列商号中的大户之一。每天黎明时分，明记的几十位采购员就"各奔东西"了，一大早就采办来鲜活的鸡鸭鱼肉，在中午之前便做熟，热热乎乎地上市了，口味绝对新鲜地道。店中不仅有新出炉的南果细点，当年知名的上海辣酱油、红烧鱼，江浙的油焖笋、火腿、腊肉，特别是南京板鸭等俏货也不断档。再是美国的葡萄干、咖啡、水果罐头，英国的奶粉、巧克力，日本的鲤鱼罐头、沙丁鱼罐头等也大有销量。

南京人郭玉生北上创办的稻香村可谓近现代史上南京与北京、天津食文化互通交流的重要代表之一。20世纪七八十年代天津还衍生出玉生香糕点店，稻香村食品至今仍活跃在京津市场，颇受食客欢迎。

刘海儿·爱司头·明星

六朝古都,十朝都会,南京女子妆饰美容美发习俗大可一观。早在南朝宋武帝刘裕时,刘裕之女寿阳公主就首创了用梅花黄蕊调和,然后涂抹描画在额间的美容方法,后传至民间,年轻女子纷纷效仿,俗称为"梅花妆"或"寿阳妆"。这种以"花黄"描画额间的妆容很流行,乃至成为掌故,南京民间俗称未婚女子为"黄花闺女"。到了唐宋时期,南京女子不断变化发型式样,彰显青春魅力,常为云鬟叠髻式,插上金钗、银钿,再戴步摇,显得端庄娴静、雍容华贵,久有"三叠平云鬟,高低碧螺髻"一说。

明清时期,南京年轻女子除了保留髻式老样发型外,在额前又多留出了一绺短发,俗称"前刘海儿",脑后照样梳髻或结长辫,鬓边爱插花。所插有些是绒花,多是用丝的下脚或通草茸做的，着色比较艳丽，显得清纯天然，颇得女子欢喜。

关于"刘海儿"，如若追根溯源，大抵在古代雏发覆额的造型中即可找到它的影子。前刘海儿最显著的特点是前额的一绺短发，爱美的心理也将它不断变化着，以至于出现了一字式、垂钓式、燕尾式、满天星式等，魅力各异。

所谓一字式就是在额前留出长约2寸的头发，一般长及眉毛，剪齐，孩童多爱留此样，又称"童花头"。垂钓式也叫垂丝式，是将额发剪成半个椭圆形，好似新月垂挂在眉宇间。最初，垂钓式的前刘海儿是比较短的，后来逐渐加长，尤其受到烟花女子的喜欢，近代侠妓小凤仙就青睐这样的造型。燕尾式呢？大致出现在辛亥革命前后。额发与鬓发合一，将额发从中间分开，然后弯成弧月形，再分别归拢于耳后，两半月形额发像是燕子的尾巴。又有传说，此发型早先在日本很流行，后来传到中国沿海，所以这种样式的刘海儿又被称为"东洋式刘海儿"。再有，民国初年曾一度流行极短的刘海儿，远远看去，若有若无，俗称"满天星"。前刘海儿各式各样，美韵纷呈，因此又有了"美人髦"的雅称。

再来说说更时髦的"爱司头"发型。

时代在变，理念与流行同样在发展进步。就在大清朝岌岌可危的时局中，南京和上海、天津等沿海城市的一些女子的发型出现了更多变化。辛亥革命的成功不仅让男人们剪去了辫子，更为女人在旧礼教的缝隙中打开了全新的生活空间。1915年前后，反封建的呼声一浪高过一浪，有些南京女子也开始剪短了头发。没过多久，这情形即出现折返，很多人又梳回盘髻的发式。先是坠发髻的风光，紧随其后的是S形发髻，俗称"爱司头"。

爱司头是将秀发用发夹固定成S状，这一发型有竖（直）S形与横S形两种髻，前者也称桃子髻，后者又叫如意髻。爱司头一度风靡民国时期的上海、南京、天津，及至整个东部沿海城市。那时的雅致女人，无论贵如宋氏三姐妹，还是公馆人家的夫人、洋行职员的太太，大都留发髻梳爱司头。交际场上更少不了爱司头的风韵，那似乎化作了海派女人骨子里散出的一种格调——昏黄的灯火中，旗袍妖娆，高跟鞋闪亮，还有一丝不乱的爱司头。

有些温婉，有些故事，就像李泉在《花花大世界》中唱的那样："洋人与狗走在外滩上散步，黄包车寂静地穿过，亨得利表店隐约的算盘声，嘀嗒着时光的价钱，弹落掉老刀牌香烟的灰烬，丁香楼已换了佳人，再没人梳起时髦的爱司头，再没人约她去百乐门……"

老广告上的女子留着清秀的"刘海儿"

百变发型，楚楚动人

大红大紫的电影明星胡蝶与南京有缘分,比如她在拍摄左翼电影《永远的微笑》时就专门跑到南京夫子庙,实地体察歌女的真实生活。其实,早在她16岁的时候,上海中华电影学校招生,她就去报考了。为了脱颖而出,胡蝶别出心裁地梳了一个横S发型,长坠耳环叮咚挂在耳朵上,穿着圆角短袄与长裙,还在左衣襟别了一朵大花。装扮凸显的她一下子便考中了。

在张爱玲的创作中,南京是继上海、香港之后的又一座重要城市,而南京之所以能进入张爱玲的创作视野,就在于她对古城南京有切实的体验。据说她为考证《红楼梦》,曾到南京寻找资料。另外,她也从多层面多角度关注过南京,这在其文字中不难发现。爱司头的时尚感也吸引着张爱玲的目光。《私语》中有段细节值得关注,张爱玲幼时看见镜子前的母亲在绿短袄上别了翡翠胸针,她便仿佛等不及自己长大,急吼吼地发誓:"八岁我要梳爱司头,十岁我要穿高跟鞋,十六岁我可以吃粽子汤团,吃一切难于消化的东西。"或许有了这样的生活印记,张爱玲也就不难创作出《色,戒》了。影片中的王佳芝便时常以爱司头出镜,演绎出了万种风情。

波浪发：摩登与禁令

从电影《金陵十三钗》女主角玉墨的造型，老上海影星胡蝶、阮玲玉、袁美云等人的旧照，月份牌上活色生香的洋装美女图中可知，在20世纪20年代末到40年代，波浪卷发曾流行于南京、上海等发达城市。波浪卷再配上色彩明艳的奢华旗袍，她们怎不楚楚动人呢。

是好莱坞电影向东袭来的热浪吹乱了女人的发型，撩动起女人的时尚心思。虽然早在20年代初就有外国人在上海租界里引进了西洋电烫机，但敢率先吃螃蟹的华人女子毕竟是少数，一是价格贵（20元大洋左右），二是需要勇气，几十条电线连到头上好比受刑。进入30年代初，电烫很快风行起来，导演是谁？电影影星。好莱坞一直是她们的梦，波浪发大有趋同之感。试看名角袁美云为香皂出镜的照片，

月份牌广告画上烫卷发的女子

最美波浪发

就颇有洋明星的范儿。

电烫发很快也在南京火起来。电烫，虽然有点可怕，但爱美有时也需要一点点挑战或付出，这便有了女子们的趋之若鹜，她们为脱掉封建的帽子又迈出了坚实的一步。30年代烫发的发型还比较短，从额前到脑后纵向烫出波浪来，浪花不大，密密的一波挨着一波，此乃当时欧美较为流行的样式。小卷烫发也在南京流行，那卷发贴着脸颊而下，显得柔美动人。

时尚的演进与发展很快，转眼间，南京女子卷发样式多了起来。有人把头发做成一个个香蕉状螺旋式的，垂挂在脑后；有人在额前反翘一下，脑后则做成大波浪样；有人是脑前、脑顶不烫，脑后部分烫成一圈反翘式的；还有人将满头的头发烫成一个个小圆圈，然后再梳直，可谓百态千姿竞风流。

不仅如此，女子染发也出现了。或羡慕金发碧眼的美丽，或觉得黑发不够活泼，于是就悄悄尝试起了染发，也能换一换爱美的心情。她们发现，适当的色彩会让自己的脸色看起来娇柔粉嫩，整个人也更有动感和光彩。

其实，对于女子烫发这般风气，各地的军政官员、权贵们早就有人开始反感了，只是考虑到当时整体开放的社会大环境，不便站出来公开说话罢了。恰逢1934年蒋介石、宋美龄以礼义廉耻为中心思想，在南昌发起了轰轰烈烈的新生活（国民教育）运动。缘此，女子们的波浪发上泼来一盆冷水。

鉴于种种原因，蒋介石、宋美龄明确提出反对烫发。1935年1月，南京国民政府先是向全国发出了《禁妇女烫发，以重卫生》的通电，此后不久，蒋介石又下达了《关于禁止妇女剪发烫发及禁止军人与无发髻女子结婚》的命令。一时间舆论哗然，南京、上海、北平、广州、成都、重庆、天津等大中城市的新女性们有不少人站出来反对。蒋介石、宋美龄为什么阻碍流行呢？当时，为回应不同的声音，宋美龄专门举行了记者会，在回答《大公报》记者提问时她说，此举是鉴于"近年以来我国妇女生活行为多浪漫不羁，影响国家民族复兴之前途极为巨大，深觉有彻底改革之必要，务使我国妇女能崇尚朴素，保持固有之美德"。她希望妇女要从国家民族复兴的前途考虑，身体力行。

令行禁止，比如在重庆，警备司令部专门发布了措辞严厉的禁止布告："妇女剪发烫发，实为近世之颓风，无知妇女，以为矫揉造作，别具美观，互相效尤，争奇斗异，不知既耗金钱，复碍卫生，且每烫一次，费时至两钟之久，更妨正当工作，当兹励行新运之际，此种恶习，亟应禁止，为此，合行布告之日起，即将烫发器具自行销毁，倘敢阳奉阴违，一经查出，除勒令歇业外，并从重处罚不贷。"在此"严打"过程中，有的地方也是"奇招"多多，甚至在理发店门前设置了"烫发即是娼妓"之类的侮辱性广告牌。对民间来说，命令的确暂时起到了一定作用，有些烫发的女子很快想了一些办法弄直头发，就连熨斗也用上了，不免让人啼笑皆非。

随着1937年抗战全面爆发，官方似无更多精力顾及烫发等琐事，禁止的势头大不如前，波浪发卷土重来，南京城街面上剪发烫发的女子要比从前还多。

在天津最繁华的商业街和平路有一家老字号——南京理发店，成立于1934年8月。南京理发店的理发、修面、洗头、吹风、烫发技术一流，时尚超前，八十多年来一直是天津美发行业的一面旗帜。南京、时尚、发型，这几个关键词足以说明民国时期南京在时尚界的先锋与引领作用。时光荏苒，今天的金陵女子不是依旧喜欢烫发么？爱美之心人皆有之，谁又能阻碍流行的发展？

美眉涂唇彩

美眉，如今用来称呼漂亮时尚的年轻女子，实在好听。自古以来，精心修饰的眉毛就是女子时尚的重要元素，特别是在服制森严的千百年里，眉目传情之美无疑是珍贵的。古人将眉毛称为"七情之虹"，因为眉不仅可以表现出不同的情态，更能让脸部具有立体感。

民国时期南京女子的生活中到处可见来自"洋派"或"海派"的影响，化妆术也不例外。进口化妆品充斥南京的各个商场，中央商场、太平商场、永安商场是名媛们购物的首选之地。新派女人、小资们除了必须承担的家务之外，大部分时间都消耗在购物和化妆上。就像现今一样，为了妆容，她们常常在商场的化妆品柜台和靓衣架前流连，她们对大多的中西品牌耳熟能详，她们寻求并体会着这一过程中的快乐与幸福。女性对美的追求很是执着,包括美甲在内的化妆术从最早的奢侈很快变成了日常所需。

在那时,美妆当然算奢侈的小资生活,常常限于南京的富家女、明星和特殊职业者,而自然的淡妆一直是大多数普通女性日常生活的主流。至于眉形,清代纤细弯曲的线条也一直流行到民国初期,南京女子遇有重要场合或喜庆日子,一般人也会在家中修修眉毛、扑扑香粉、抹抹唇膏。

20世纪40年代初,南京职业女性已学会了将美国式的化妆方法与中国传统的化妆术完美结合起来,南京银行、百货公司的女职员将眉毛修饰得很精致,另外要淡淡地抹一些眼影、唇膏等,再加上薄薄的面霜、胭脂,无不是清丽可人的"海派"面容。如上关于美眉、修眉的生活细节,我们通过那一时期发行的老广告、老商标画面皆不难观察到。

1934年,在宋美龄的倡导下,新生活运动率先在南昌发起,很快轰轰烈烈地影响到沿海城市,南京作为首都,自然也是这场运动的核心区。新生活运动中的城市女子更加时髦,对于美妆,对于国外新潮化妆品的兴趣与日俱增。以南京为例,当时许多洋行都代理销售各样化妆品,雪花膏、香水、口红、指甲油、发胶等,琳琅满目。夏士莲雪花膏、巴黎素兰霜、西蒙香粉蜜、司丹康美发霜、培根洗发香脂水、李施德林牙膏、黑人牙膏、力士香皂、施克勒洗浴香水、古龙香水等，无不吸引着南京时尚一族的目光。

口红、唇彩好似时尚女人的半条命。1870年的时候，法国娇兰发明了世界上第一支管状口红，且可以替换内芯，还为它取了个煽情的名字——勿忘我。那时，虽然中国女子还依旧用着老式的"口脂"，但随着近代中国沿海城市的开放，洋口红已经悄悄地舶来了，也同时进入南京时尚女人的视线中。

一款进口品牌口红是很金贵的，绝大多数属于奢侈品的范畴，可谓时尚中的摩登品。1935年，兰蔻牌法兰西玫瑰唇膏诞生了，它那粉红色膏体散发着天然的保加利亚野玫瑰香气，梦幻动人般的它或许会让你有玫瑰吻上双唇的醉意。在接踵而至的1936年，世界上第一款无需盖子的唇膏——娇兰牌轻触唇膏问世了，只需轻轻一按便可打开，方便至极。这些妙品都在第一时间越洋来到中国，来到南京城。再有，来自美国的丹祺（Tangee）唇膏也很俏销，它以大众女性为主要消费对象，当然也有精美奢华的不同色彩的系列套装。20世纪40年代初，丹祺品牌的广告语道出了口红的神奇力量——可以让女人拥有一副勇敢的面孔。不知这句话曾激荡过多少女人的心呢？以至于它迅速成为南京等地上流女子坤

眉目传情

女子唇彩显娇柔

包里的必备之物。

老南京的时髦女子当然少不了脂粉,她们用香气四溢的脂粉扮美容颜。比如早年间的月中桂品牌化妆品就是南京女子足以炫耀的上等货,其地位绝不亚于现今大明星趋之若鹜的"海蓝之谜"。

"苏州胭脂扬州粉"之说久负盛名,孔凤春、锦华春、丹凤春、戴香室等老字号名满水乡。南京与江南老字号近在咫尺,上好的香品大可方便入市。

说起金陵女子喜欢的"月中桂",可谓鼎鼎大名。创始于清代道光末年的苏州月中桂胭脂香粉店位于阊门内中市,信誉久著。月中桂的创办人吴慎生(生于嘉庆二十四年,1819年)曾在京城为官,他见到一些达官显宦生活奢靡,但市面上却鲜有可供贵妇人们使用的高档化妆品,于是设法获取了清廷美颜的配方,回到家乡研制出多样高品质的香粉,并设庄经营。传说,月中桂开业那天正值中秋节,所以该号的化妆品一直使用玉兔图案为商标,最初的碱皂的造型也是可爱的兔形。月中桂的香粉很快成为贡品,被誉为"宫粉"。不仅如此,月中桂的生发油(头油)也很出色,其香料取自上海知名洋行的进口品,不易挥发,香气与润发效果绝佳。

女子们常用的月中桂化妆品有宫粉、鸭蛋粉、生发油、发蜡、雪花粉、芙蓉油、碱皂、京式香皂、香水、香膏、香蜜、胭脂、供香、熏香等，可满足顾客的不同需求。比如，仅仅是生发油就包括玫瑰油、茉莉香油、紫罗兰油、三花油等各种香型。

在民国时期，还有一种比较特殊的现象，就是城里上新学的女学生也成为化妆品的消费主力。1922年《晨报》副刊上便有一篇文章说："某学校的女学生，自修室的桌上，雪花膏花露水的数目竟比钢笔和墨水瓶的数目要多两倍！"1929年的《大公报》上说，一些学生妹除了抹红涂白之外，还要剃眉毛、涂口红，以至梳洗房的镜子都不够用了。尽管舆论四起，有人依旧浓妆淡抹，有人照样素面朝天。爱美的路还是各走各的好。

金陵女子爱"双妹"

笔者曾见一张老发票，是1946年由南京燮康百货商店开出的。燮康百货商店位于老南京中华路三山街口，其发票上突出标明"广生行双妹化妆品南京总经理"字样。民国时期，广生行的双妹牌化妆品在金陵女界炙手可热，可谓无人不知，无人不爱。

香水、花露水是女人的挚友，说到这个，或许很多朋友脑海里会冒出一段段光景——老南京的秦淮河畔、老上海的十里洋场、老天津的九国租界。一个"老"字把我们带回了那有旗袍婀娜，有花露水"双妹"海报，有仁丹招贴画，有"老刀"香烟吆喝的20世纪二三十年代的中国城市。

花露水是以花露油为主体香料，加配酒精而制成的一种香水类产品。汉字实在曼妙，较之于香水，花露水则更如诗如画。据说"花露"二字取自宋代大文豪欧阳修《阮郎归·南园春半踏青时》中的"花露重，草烟低，人家帘幕垂"之句。花露水这个名字，听起来仿佛古代采花露做脂粉的女子就在眼前。

清光绪年间，祖籍广东南海的冯福田先是在广州做化妆品小生意，后来转到香港一家洋行售卖药品。其间，有个英国药剂师教会了他一些英文与配药的知识。冯福田洞察到中国化妆品市场的广阔前景，于是在一份花露水配方的基础上，反复研究试制出了比较适宜东方人的花露水，并为它取了个好听的名字——双妹嚜（嚜头也称唛头，Mark 的译音，旧时进出口货物包装上的标记）。关于"双妹"的由来，民间一直流传有不同的说法。一说冯福田偶然在香港中环看见两个美丽的白衣少女，灵感所至想到了以"双妹"作为品牌；另一说法是传说在开业前的一个晚上他梦见天使，天使称只要用"双妹"当招牌生意一定兴隆。

光绪二十四年（1898），冯福田在香港斥资买下房舍与设备，创立了广生行，成为中国本土化妆品行业的先驱。初期，广生行的许多原料皆从日本进口，发展受限，那时的冯福田只能靠走街串巷来推销。

大上海的市场更加广阔。光绪二十九年（1903），广生

家喻户晓的"双妹"图

花样年华(广生行广告)

行在黄浦江畔成立了发行所，地点设在时尚繁华的南京路，未来一片光明。宣统元年（1909），冯福田与友人合资将广生行改组为有限公司。转年，广生行在南京路隆重举办减价大酬宾活动，同时，经理林炜南策划了一系列广告。当时，随着推销，"双妹"花露水已经进入南京市场，但为数不多。

宣传"双妹"当然需要一对芳华绝代的女子，但物色理想模特并非易事，这让林炜南有些犯难。无意之中，林炜南发现了两名长相俊秀的男生，于是急急请来，让他们男扮女装拍摄了照片，又礼聘画家关蕙农绘制了月份牌广告画，宣传推销一鸣惊人。到了20世纪30年代，美妙的旗袍已成为上海街头最靓丽的风景，广告当需紧随生活与时代，因此，广生行找寻到两名青春少女来拍摄形象广告。花园里，篱笆前，姊妹二人身穿花旗袍并肩亭亭玉立，柔婉可人。关蕙农再度出手，悉心绘制了温馨至极的月份牌，也实现了广生行多年来的梦想。由此，"双妹"之美化作经典，那温暖的画面一直风靡南京城。

以往脂粉大多为小作坊生产，或闺房自制，品质参差不齐。广生行与双妹品牌的出现为中国化妆品业带来了重要变革，也开启了东方女子美妆的新纪元。

广生行自清光绪二十九年驻庄上海以来，事业飞速发展，所产系列化妆品采用进口上好原料，物美价廉，特别受到女界的欢迎。广生行的招牌货双妹牌花露水在1915年获得了美国旧金山巴拿马赛会的奖项，时任副总统的黎元洪得知消息后也非常兴奋，特亲笔题词："尽态极妍，材美工巧"。双妹牌花露水名声大振，广生行也逐渐发展成为民族化妆品业的一面旗帜，此后陆续出产雪花膏、艳容霜、香水、生发水、牙粉等，无不畅销。

广生行非常重视产品形象与广告。为了更契合推销，他们早在20世纪20年代就自行设立了印刷厂，专门印制商标、海报、宣传书等。双妹牌各样化妆品的包装上都贴有姊妹并肩图样的商标，在强化品牌意识方面，可谓殚精竭虑。另如生发水、烫发油广告，画中见一眉清目秀的女子正对镜梳妆，向顾客展示着她光亮细润的黑发。通过烟草企业、经销商的发行与推广，"双妹"海报广告也贴挂在金陵城的商店里巷，广告效果凸显。

30年代是广生行的全盛时期，每年的营业额在500万元（大洋）左右，最高时达600万之多。1941年10月，广生行于香港成功上市。几十年间，公司的触角遍及南京、武汉、苏州、沈阳、大连、北京、天津、济南、福州、广州等地，产品也远销到南洋。因连年战乱加之社会动荡，自40年代末，广生行的市场更多地转向了香港与东南亚地区。

就像电影《茉莉花开》中的镜头一样,孟老板送给女主角茉一瓶花露水,其含义一点不逊于进口香水的意味。在那个鲜见香水的年代,一瓶双妹牌花露水俨然是香水的替代品,并承担着香水一样的功能,成为男人讨女友欢心的礼物,成为连接男女情爱的纽带。

在中国引进香水之后,花露水一度黯然无香,但在"文革"期间,香水遭到批判,而花露水却凭借"卫生用品"之名继续在南京、在其他城市的女人生活中唱着过往岁月的小情歌。

旗袍高跟鞋醉南京

旗袍很美、很中国,本源于满族服饰的它,自20世纪30年代改良以来,将女性的曲线提升到艺术和唯美的高度,甚至将中国人审美的观点温柔地改变了。

一千多年来的封建礼教曾禁锢了女人的个性,古代女装的直线裁制法封杀了她们的曲线。进入20世纪20年代,旗袍初兴。"初兴的旗袍是严冷方正的,具有清教徒的风格。"张爱玲一语中的。在西方文化的影响与男女平等观的倡导下,中国女性也试图像男子一样,由两截穿衣法改为一截穿衣法。最初的旗袍类似无袖的马甲,长长的马甲代替了长裙,大多数人的马甲里面还穿着袖子宽大的短袄,俗称"旗袍马甲"。此后,短袄与马甲被迅速合并,发展成现代旗袍的形式。直板旗袍率先受到女学生等新知识女性的欢迎,且一发不可收,以南京、上海、天津、北平的新女性为先,效仿蔚然成风。20年代中期,旗袍在边、袖、襟、领等处增加了一些繁复的镶滚装饰,但依旧采用的是直线裁剪法。初兴的旗袍虽然古板,但已经是妇女解放的革命性进步了。

正如一首摇滚歌曲所唱:"不是我不明白,这世界变化快。"1929年,与几座先锋城市一样,南京街面上的旗袍"乱"了。受欧美短裙和好莱坞电影的影响,几年前长短相宜的旗袍一下子短了起来,下摆缩至膝盖处,袖口也在上提,"倒大袖"成为最时尚的款式。女学生所穿的校服式旗袍,其下摆也上提至膝盖以上1寸左右。从此,中西杂糅的文化理念左右着袍身的长短、开衩的高低、腰线的收放等,尺寸与款式不断变化,犹如霓虹闪烁,格外炫目。

守旧的观念无法接受"不雅"的短,非议四起的1930年,旗袍很听话地又长了下来,至30年代中期,旗袍的下摆已近乎落地,盖住了脚面,戏称"扫地旗袍"。恐怕没有人愿意穿着一个肥大的面口袋去逛街,长袍遮住了女人的腿脚,却关不住她们爱美讲时髦的心,掩不住她们胸线与腰线的美丽。于是,旗袍的袖子悄悄缩短,很快短至肘部,缩至肩下两三寸的位置,至1936年时,无袖旗袍风光一时。城市时尚女子白皙如玉的双臂又一次惊扰了男人的目光,金陵城又何尝不是呢？

20世纪30年代"扫地旗袍"的下摆在收拢，变得更加修长，在旗袍两侧没有开衩前，女人们只有穿着精致的高跟鞋才能上街，步步生莲，款款而动。女人对便捷与活跃生活的追求催生了开衩旗袍的创意，正是这一剪揭开了中国旗袍改良的风潮。

最初只是个别人为了行动的方便在旗袍下摆的左侧羞答答地开了个低衩，没想到如此却为女人的脚步平添了气质。南京的女人们争相效仿，袍衩进而越开越高，高过膝，高至大腿。很快，舆论的压力让袍衩一度回落至膝盖处，但训教稍一松弛，袍衩又迅速蹿高，高开衩蔚然成风，大开衩和若隐若现的美腿构成了30年代中期南京最动人的街景。当时的女影星们经常穿着高开衩旗袍出入交际场，她们的袍衩有时甚至高至臀胯，惹火招风。明星效应为开衩旗袍的风行增添了前卫的范本。

更值得关注的是，旗袍的直线条几乎每天都受到西式服装的挑战。旗袍的胸线与腰线在女士们的要求下，被裁缝收缩着，曲线之美开始显露，如同蓄势已久的娇芽。如此一来，沿袭多年的旗袍直线裁剪法已不能满足时尚的要求，30年代末兴起的西式立体裁剪制衣法催生了旗袍曲线如花一般

民国时期药品广告上的旗袍时尚

老广告画中的明星穿着摩登高跟鞋

的盛艳。

此时,旗袍的整体造型紧窄合体,胸部与腰部有了明显的立体视觉效果,曲线美让南京女人婀娜窈窕。与生俱来的美实在深掩了太久,当她们在镜前试装时甚至都不敢相信自己的眼睛。旗袍的时尚感与女人味甚至会引来姐妹间的嫉妒。对于男人呢?男人欣赏的目光游走着,也许是跌宕起伏的过程,也许是小夜曲的情调,加之袍衩缝隙若隐若现的神秘,旗袍所传递的身体信息可能才是最具情调的生活细节。

当"立体"旗袍放在桌面上不再像以前的两片平布那么服帖时,已是40年代的光景了。这一时期的旗袍已完全西化,高领子也一减再减,最后甚至成为无领,改良得很彻底。现代旗袍由此基本定型。在当时,没有一件像样旗袍的城市女人可以说是不完美的,包括小学生在内的几乎所有年龄段的女人都穿旗袍,棉的、绸的、布的、皮的,春去秋来,相伴四季。

在南京女人心目中,旗袍与高跟鞋好似双面胶,好似姊妹,形影不离。

高跟鞋为女人而生,她们因此婀娜,或者说,没有一双高跟鞋的城市女人是不完美的,时尚的传统又何尝不是呢?风情万种的高跟鞋让辛亥革命以来的城市女人亭亭玉立在时尚的前沿,娇艳如花。

辛亥革命后,中国城市女人的思想和双脚开始解放。在收腰旗袍盛行的20世纪20年代,以南京、上海、天津、广州为先的城市女人看着大批穿着高跟鞋的金发碧眼的洋女子搅动着我们街道的景致,既新奇又羡慕。高跟鞋让东方女人兴奋不已,她们进而爱上了高跟鞋。最初,试穿者难免不在行,皮鞋的窄小和高跟让人感觉是在受刑,但很快,在与高跟鞋的不断亲密磨合中,她们的小腿更加笔直,胸部更加挺拔,加之丝袜与旗袍的包裹,轻盈的小开步前所未有,步步生莲的仪态绝对是街头最迷人的风景。难怪张爱玲说,无论如何平庸的女人,穿上高跟鞋,都会摇曳生姿的。

20世纪二三十年代,南京的大家闺秀也好,小家碧玉也罢;淑女名媛也好,风尘女子也罢,但凡爱美心切的女子,只要到了花季年龄,大多会喜欢上高跟鞋,追逐着最炫的时尚。如同魔术般的鞋子款式又让她们挑花了眼,有的鞋面紧裹,有的露出脚趾和足跟,有的缀着蝴蝶结,有的黑白拼镶,不胜枚举的花色与现今的式样几乎别无二致。

高跟鞋之于女人,护足之外更重于装饰和格调的展示,鞋跟与地板相触的清脆声响增加了她们的诱惑力,使其瞬间成为目光的焦点。上海滩、南京城中红极一时的女界名流无不爱恋着、簇拥着高跟鞋,甚至成为小报的头条新闻。有人推波助澜,就有人效仿追风,高跟鞋俨然成为民国城市女人生活的一部分。鞋子诠释着"窈窕",包容着温柔的秘密,还寄托着瑰丽的梦,或缠绵,或凄美,甚至死去活来,这也成了电影故事和情爱小说中最具风韵的细节之一。

宋美龄的旗袍

1927年12月1日，宋美龄与蒋介石结婚，成为名副其实的"第一夫人"。自此，她跟随蒋介石在不同历史时期参与了一系列活动，并长期扮演重要角色。宋美龄钟爱旗袍，无论是在家中，还是外出，常以旗袍示人。1949年8月16日美国艺术家协会宣布，宋美龄入选"全世界十大美人"且名列榜首。

1937年抗战全面爆发前，宋美龄久居南京，那时候她的旗袍还没有专人来承制，往往是临时请某一师傅到黄浦路的官邸为她量制。有一次来了个叫张瑞香的裁缝，宋美龄发现他做的旗袍非常精致，穿上去较之以前的也更合体。张瑞香原本是新华门附近小巷裁缝店里的手艺人。后来，张瑞香又为宋美龄服务了几次，他不仅手艺高超，为人也忠厚，逐

端庄的旗袍美女

唱片广告上的旗袍女子

渐博得了宋美龄的好感与信任。于是，征得蒋介石同意后，宋美龄特别把他召进了官邸，成为"御用裁缝"，专为自己做旗袍。从此，张瑞香一直跟随宋美龄，无论是辗转重庆，还是台湾、美国。

众人皆知宋美龄对旗袍有着深厚情结，逢年过节各方送来的绫罗绸缎源源不断，这些足够张瑞香年复一年地忙活了。宋美龄常常挑出自己喜欢的让张瑞香缝制，比如，浅色的做成夏装，略深的用于春秋装，深色的则留待冬天用。多少年来，张瑞香几乎每天都在做旗袍，几天就成品一件，然后笑呵呵地请宋美龄过目，宋庆龄看罢便命人放入自己的衣橱里，并由女侍根据颜色、质地认真编号，妥善保管。日久天长，衣橱里的旗袍自是琳琅满目，精品如云，俨如专属博物柜一般。

作为政坛名流，宋美龄非常讲究仪表，会根据不同场合穿上色彩、样式各异的旗袍，即便是出访也需张瑞香随行，因为她随时可能让张瑞香临时改动旗袍。另外，不少旗袍宋美龄只穿过一两次，有时稍微碰到灰尘或滴水便要及时换掉。

张瑞香对宋美龄忠心耿耿，除了大年三十一天外，他几乎无时无刻不在做衣服，有好几次重病卧床期间还咬牙坚持干活。据说直到他去世前的那一刻，嘴里还念叨着对不起老夫人，因为还有旗袍没能做完。

1991年9月21日，宋美龄再度离开台湾去美国，传说在随行的99箱衣物中约有50箱是旗袍。

宋美龄好丹青，怡情养性，驻颜有术。据公开的资料显示，宋美龄的身高为1.66米，体重50公斤左右。这是极为适宜穿旗袍的身材，且她的身形一直少有变化，不少以前做的旗袍到了晚年还可以穿。宋美龄的旗袍不计其数，但据有关资料表明，在侍从们的眼里，她的旗袍穿来穿去大致总是那几套，很少见太大更换，所以许多旗袍是没有上过身的，这难免让人不解。宋美龄是"旗袍癖"么？

其实，宋美龄对旗袍的如痴如醉早已经超出了一般人对服装的爱恋那个层面，并不是单纯为了追求拥有，享受奢侈。往昔，宋美龄因重病曾几度接受过手术治疗，但康复良好。晚年居住美国后，医生为宋美龄检查身体，发现她的健康和精神状况比实际年龄要年轻许多。宋美龄认为，人长寿的主要原因并不是一味追求饮食如何如何，也不在于刻意安排高贵的生活环境，而在于要保持固有的、良好的平衡心态。潜意识里，她似乎是在五光十色的旗袍中寻求着什么，甚至将此嗜好看作了一种养生长寿的秘诀。2003年，宋美龄在美国去世，享年百岁有余，实乃长寿。

据2012年9月17日的《现代快报》报道，9月9日，南京中国近代史遗址博物馆（总统府旧址）收到了一件特殊的赠品——宋美龄曾经穿过的旗袍。报道称，这是一套颇具特色的深紫色的两件套，其中，短袖长旗袍面料是深紫色的半透明的纱，上面有圆形的传统团花图案，里料是浅黄本色的桑蚕丝面料。这件旗袍修长，腰身不甚明显，两侧开衩不高，样式属于相对保守的。旗袍的外面是一件中袖的立领开襟的外套，胸腹部缀有8颗包布的纽扣。整体看来，雍容、庄重、大方之气非常凸显。

这套衣服是由蒋介石的侄孙女蒋孝明捐赠的。在美国，蒋孝明与宋美龄曾多有往来，此款紫纱旗袍是宋美龄从自己诸多旗袍中挑选出来，作为礼物送给蒋孝明的母亲孙威美的。

裘皮时装亦风流

1928年,南京特别市市长刘纪文与许淑珍成婚。刘纪文曾是宋美龄少女时代理想中的白马王子。据2012年10月22日《中国档案报》刊载的《南京中山门内故事多》一文表述,当时的《上海漫画》杂志上刊有刘纪文与许淑珍的照片,新夫人穿的是最新款的旗袍,外罩裘皮大衣,时尚而新潮。

虽比不过三北地区,南京的冬天也是充满寒意的,在这样的季节里自然少不了裘皮时装往事。

得益于对世界文化的吸纳与包容,中国近现代意义上的时装发展最先在上海、南京形成先锋。上海的裘皮服装缘起较早,在清同治年间(1862—1874)就有潘裕记在城内开设专营皮货的商号。潘裕记来自浙江嘉兴,乾隆年间便经营"以绸易裘"的业务,他们每年把江浙丝绸贩运到北方,再

民国时期杂志封面上穿裘皮服装的淑媛

杭穉英所绘裘皮时装美女月份牌画

捎回北方特产皮货。

19世纪中叶，上海租界内的商业逐渐繁荣起来，原在城里的乾发源等皮货商号陆续向租界转移。比如乾发源落户在抛球场一带（今河南中路与南京东路交叉口），生意兴隆。后来，同行源珄泰、郑祥泰、恒润祥等也相继聚集于此，店多成市，格局初成。有关统计资料显示，1930年上海的裘革皮货商与相关服装商已有三四十户，可谓进入了兴盛期。

同一时期，南京城里的裘皮时装也流行起来，中央商场、太平商场、永安商场，以及专卖商店、民间成衣坊皆有出售，为时尚人士，特别是摩登女子带来了温暖。

长久以来，国人习惯把毛皮作为衣服衬里来保暖，外罩依旧是泥古的样子。辛亥革命后是大变革的时代，包括服饰文化在内的西方文化理念同时涌入，且来势汹汹。外国女子大多穿着以裘皮为面料的大衣，俗称翻皮大衣。受西洋时装、海派风格影响，南京的一些皮货商也与时俱进地做起了翻皮女大衣的生意，主要顾客是外国女子和上流社会的富家女。皮货商从各地采购来高级原料，细毛有东北的紫貂皮、大兴安岭的灰鼠皮、奉天（今沈阳）的黄狼皮、西藏的獭皮等，粗毛有云南的花猫皮、新疆的紫羔皮、宁夏的滩羊皮、张家口的羔皮等各色优质品，然后高薪聘请能工巧匠设计、缝制，工艺手段日趋进步。比如对黄狼、水貂等一些较小的皮货，经过巧妙裁剪组合可使皮毛光泽柔和，皮毛走向浑然天成，衣装的款式也非常符合国际潮流。

宋氏姐妹当然喜欢裘皮时装。程广、叶思所著《宋氏家族全传》中讲述了一个细节：1926年11月26日宋美龄抵达武汉，站在火车站出口处等待二姐宋庆龄来接。宋美龄亭亭玉立，身上披着紫红色的呢子大衣，黄色的裘皮领翻卷在脖子上，一条黑底带绿花的围巾包着头，露出俊俏的脸庞。宋美龄与蒋介石成婚后也成为国际政治舞台上的知名人士，在外，她经常穿着旗袍，在美国国会讲演时还将旗袍与新款裘皮大衣、毛衣灵活搭配，颇具东方魅力。

20世纪30年代，中西合璧的旗袍、洋裙、高跟鞋成为春夏南京女子时髦的标尺，到秋冬，旗袍加皮草、翻毛裘皮大衣成为金陵摩登女的喜好，尽是追求海派的风气。那时候，海派的冬款旗袍要借助内衬保暖，内衬的种类有驼绒、天鹅绒，还有更高级的裘皮。不仅是裘皮服装，相关的服饰也对女子们有着很强的吸引力。月份牌广告画是时尚生活的一面镜子，画中女子光鲜亮丽，香艳摩登，跃然纸上，牢牢吸引着消费者的注意力。

裘皮手笼（裘皮大衣配套的服饰，可暖手，也可作手袋）

也颇受南京女子的喜欢。多才多艺的周炼霞在《消寒九咏·手笼》中有道："常共貂裘觅醉吟，相携不畏雪霜侵。浅深恰护柔荑玉，开阖频牵细链金。密密囊中藏粉镜，依依袖底拥芳襟。旗亭酒冷人将别，一握难禁暖到心。"

再说一个细节。1949年1月蒋介石被迫下野，由李宗仁任代总统，李夫人郭德洁很高兴。团结出版社版《国民党党首的女人们》中有载，1月29日（农历大年初一）李宗仁要去慰问南京卫戍部队的官兵，一大早，郭德洁就穿上了一件华贵的银灰色裘皮大衣，精心打扮之后与李宗仁一同前往。

看老电影、听民国故事，也许会有这样的画面：寒风中，大城市的贵妇将她温软的身体藏在曲线毕露的旗袍里，丝袜美腿配着崭新的高跟鞋。她从小汽车里钻出来，或许有风掀动了裙摆，她赶紧耸耸肩缩进了裘皮大衣里。无论那些女子的真实身份为何，此情此景可以透露一种现象：物是人非，裘皮服装到后来愈发显现出权贵化（也夹杂着风月化）的倾向，皮草之于女人的意义已超出了保暖的原有功用。

全运会·高尔夫

您知道么,"全国运动会"一词始于南京。先说"运动会"这词,1885年左右产生于日本,在19世纪末传入中国,但日语中并没有出现"全国运动会"这个词。

据《江苏省志·体育志》介绍:"1910年10月18至22日在南京南洋劝业会会场举行全国学校区分队第一次体育同盟会,辛亥革命后追认这次运动会为中国第一届全国运动会。"此时,社会上已公开使用"全国运动会"或"全国运动大会"的名称。如开幕前一天10月17日的《申报》上有报道说:"全国运动大会明日起在劝业会跑马场举行。"另外,1910年第10期《教育杂志》也以"全国运动会"为题做了报道。当时的《青年》杂志又报道:"九月十六至二十,起讫凡五日,全国运动大会举行于南洋劝业会场。"此后,"全

老商标画上可见爱运动的青年男女

国运动会"一词被广泛认可。1933年第9期《时事月报》中记载:"清宣统二年,南京南洋劝业会会场有全国学校区分队第一次体育同盟会之举行,即今所谓之第一届全国运动会。"

这届运动会的举办,为民国时期的南京体育事业注入了强大活力,体育事业形成全面发展的态势,甚至包括一些较为高级的运动项目,比如高尔夫球,为此曾兴建了紫金山东麓高尔夫球球场。

不妨先来说说高尔夫在我国兴起的情况。第一次鸦片战争以后上海开埠,高尔夫运动随着西方人的到来逐渐在这座城市中萌芽。关于中国第一家高尔夫球场何时建造、何人建造等话题,学界素来有着不同的说法。有观点说是英国人于清光绪二十二年(1896)在上海建成的9洞高尔夫球场,另有人认为是英国人于光绪二十八年(1902)在山东威海刘公岛兴建的球场。

北京林业大学高尔夫教育与研究中心的有关专家对此进行了细致的考证。据资料记载,上海第一家18洞高尔夫球场是虹桥杓球(高尔夫球)俱乐部球场,俱乐部的前身是程家桥西侧的老裕泰马房(马场)。此马场开设于清光绪十六年(1890),面积有1.3万平方米,业主是一名英国侨民。

很快，随着虹桥一带的开发，马场也有所发展，到了宣统二年（1910），其占地面积已达6.7万平方米。1914年，因马场业主病故，太古、怡和、汇丰等数家洋行出资收购，随后改建为枸球俱乐部球场。球场迅速吸引了十里洋场的上流阶层，中外玩家纷纷前来一试身手。时至1930年，球场面积再增至27.73万平方米，球洞达18个，成为上海时髦客趋之若鹜的度假休闲场所（后来改建为上海动物园）。

上海的示范作用对南京影响很大。1927年国民政府定都南京后，各国政要、商人纷至沓来，外国侨民日益增多。有鉴于此，当时的政府外交部成立了国际联欢社，以方便接待交流。随后，官方计划在南京东郊修建一处高尔夫球场，租用中山陵界内东洼子村附近的1200亩山地。此地环境雅致，风光秀美。球场建两层小楼会所一座，有大小12间房，楼下为大厅、酒吧、办公室、厨房、服务生室，楼上有会客室、浴室、卧室等。

这处高尔夫"郊球会"由理事会管理。学者王国樑在《金陵晚报》曾发表《南京最早的高尔夫球场藏身紫金山东麓》一文，其中表述，理事会"由会长、副会长、秘书、会计及若干理事组成。抗战前，理事会由徐谟任会长，贝克、何应钦任副会长，卜纳德任秘书长，张信孚为会计，马凯、潘森、

女子打高尔夫球图登上月份牌广告画（杭穉英绘）

20世纪50年代南京香烟广告见证城市体育发展

曾镕浦、戴雅、温毓庆、柯墨贺、彭学沛为理事"。另外，球会对中外人士实行会员制，外籍会员中多数是各国驻华大使馆、领事馆的职员和侨商，国内会员则以国民政府军政要员为主。会员中又分名誉会员、永久会员、正式会员、不参加运动会员、不驻点会员、候补会员，且有男女会员之分。除了名誉会员外，会员都需按规定交纳入会费和月费。

南京郊球会开放后盛极一时，各国要员、达官贵人蜂拥而至，社交休闲不亦乐乎，宋美龄对美外交也经常在这里以打高尔夫的方式进行。

时尚生活的线索从民生经济中也可窥见一斑。比如，20世纪30年代的大东南烟公司就曾推出过高而富牌香烟。烟盒图样色调柔和，其上可见一个穿着洋裙的摩登女子正在挥杆击球。同时代的月份牌广告画更可谓流行生活的折射与凝练。有家烟草公司曾请上海名画家绘制了一幅女子练习打高尔夫球的图画。画中二女子细眉樱唇，玉臂轻柔，穿着最摩登的旗袍与高跟鞋，尽管显得有些不伦不类，但那是新生活的象征。类似的画面也被克隆到装香粉的瓷盒上、口红的白铜外壳上，其效果真可谓乱花渐欲迷人眼了。

到了1937年末，日军攻陷南京，四处兵荒马乱，郊球会高尔夫球场惨遭损毁。后来的汪伪政府曾试图修缮，但因经费不到位而作罢。1945年8月抗战结束，国民政府接收人员计划收回高尔夫球场，各国外交人员也纷纷要求政府修复球场。1946年11月国民政府外交部致函中山陵管委会，希望续租原来的高尔夫球场。几经磋商，管委会一方面表示同意，一方面又提出新条件。协议达成后，外交部把球场交给国际联欢社，由外国人集资改造，直至1949年南京解放。

时髦自行车赛

早在清朝末年,自行车就已经传入上海,并逐渐在沿海城市流行开来。只是当时的自行车价格昂贵,堪比如今的高档轿车,一般民众难以承受。早在同治七年(1868)岁尾,上海就出现了几辆由欧洲运来的自行车。北京的第一辆自行车是19世纪70年代由外国使节送给光绪皇帝的,然而慈禧太后不喜欢,且称"一朝之主当稳定,岂能以'转轮'为乐,成何体统?"但这并没影响自行车驶入中国。甲午战争后,在我国沿海通商口岸城市以及北京等外国人集中居住的地区,自行车已不是稀罕物。

进入20世纪20年代,南京街头的自行车逐渐多了起来。上海社科院徐涛《自行车与近代中国》一书中提到一份转译自日本《通商公报》的各地日本驻华领事所作的报告,从中可以了解清末民初南京售卖自行车的情况。资料显示,当时南京专卖自行车的商家只有同昌车行,另外的德泰昌以及一些五金商店等也兼营自行车。商家所售自行车大多是从上海运来的。这些自行车多数是德国造,少数是日本造。南京自行车总批发的大户商家是下关湖北街的日商三星洋行。

旧年,南京的自行车有公用、私用之分。有收藏家在民国时期出版的《首都电厂月刊》中找到了一些资料:"1928年,江苏省立南京电灯厂改称为首都电厂,南京城内外及下关商埠均是其营业范围。由于建设需要,南京城内的电力线路也越来越长。于是,首都电厂为相关人员配备了自行车。"从《首都电厂月刊》中刊载的照片中可见,身穿制服的首都电厂电务科检查人员精神抖擞地骑着自行车去抄表。"拥有自行车在当时相对来说是比较稀奇的,所以才会成为照相的取景关键。"

人们除了看重自行车的实用价值外,也逐渐发现了骑自行车的技巧性、娱乐性、时尚性,并逐渐形成风气,随之也引起南京政界高层的注意。1934年5月8日,由国民政府主席林森亲自主持的自行车比赛在中山陵举行,比赛分为男、女两个组,吸引了不少南京军政界人士参加。

当时,南京励志社还开办过自行车训练班,邀请自行

卖染料的广告上画着骑自行车的美女

这幅纺织品老商标画就叫《赛车图》,同时也是品牌

车专家李成斌担任教练，训练注重技巧表演。

我们有必要说说南京励志社。它是国民政府军政要员进行文娱活动的社团，其前身是黄埔同学会励志社，蒋介石曾任会长，社址在南京中央陆军军官学校院内。励志社重新成立于1929年元旦，地址在现如今的中山东路上。1931年，国民政府利用15万元捐款，兴建了3座中国宫殿式建筑，作为励志社活动场所，用来解决军政要员文娱活动和外事接待之需。主楼建筑面积1360平方米，有大礼堂、休息厅和其他服务设施，专供欣赏戏剧、电影、音乐会。辅楼主要有客房、宴会厅、会议室等，供接待用。励志社大楼建成后，国民政府首脑常在这里举行重要文娱演出和外事活动。

励志社在自己出版的杂志上发布了开办自行车训练班的消息，招生简章中写道："以养成单车技术，增进健康为宗旨，凡军政界人士皆可报名……想要参加的人需要先向励志社体育科报名并缴纳四角钱，社员报名费用减半，自由车需要个人自备……"本期训练班活动历时两个多月，每周三下午五时半到六时半训练，地点在励志社足球场。

自行车如此摩登，励志社岂能不赶时髦？那时候，励志社举办过多次自行车比赛活动。时至1936年10月18日已是第三届比赛，简章中表述：南京各界人士均可以参加，但只限男性。参加者不得自己请随护,需提前一小时到达现场检查车辆,参赛途中参加者前胸后背都需要贴上号码,中途自行车损坏,不得更换自行车,每名参赛者需交报名费一角,比赛结束后前五名由励志社酌情颁发奖品。次日,南京媒体对比赛进行了报道:"励志社主办之第三届公开自行车比赛,昨晨八时在该社门前举行,报名参加者八十五人,而实际仅五十五人……出中山门、沿陵园大道、至中央游泳池,折回励志社门前,全程一万三千公尺,张国泰以29分35秒之优异成绩,荣膺冠军,且打破上届纪录。"

这里,我们还要说到一位名人——浙江湖州南浔人张静江。他出身丝商大户人家,11岁时因救火摔坏了左腿,落下残疾。张静江后来结识孙中山,并不断对孙中山给予资助,被孙中山称为"革命圣人"。在国民政府中,张静江主持过建设委员会的工作。张静江还是骑自行车、骑马的高手,素有"民国奇人"之雅号。

《现代快报》2012年10月22日刊文表述:"当时南京市政府工务局统计的资料显示,截至1946年12月31日,南京市登记的自用自行车有5583辆,营业自行车有292辆,共计5875辆。"无规矩不成方圆,自行车行车秩序亟待规范。民国末期的《南京市陆上交通管理规则》中专门有规范自行车骑行的条文，比如：车件应完备；车上应安置手铃；一车不准两人共乘；于日落后黎明前行驶，须于车前悬白光灯一盏，车后装置红色反光石一块；自己用的自行车不得出租或私自营业；自行车车主搬离原址，应在5日内向市政府工务局报告；自行车和汽车一样，是有牌照的，不挂牌照不能上路行驶；车辆行驶时必须携带行车驾照以备查验。

金嗓子周璇与《钟山春》

"巍巍的钟山,巍巍的钟山,龙蹯虎踞石头城,龙蹯虎踞石头城。啊,画梁上呢喃的乳燕,柳荫中穿梭的流莺,一片烟漫,无边风景,装点出江南新春……啊,莫想那秦淮烟柳,不管那六朝的金粉,大家努力向前程。看草色青青,听江涛声声,起来,共燃起大地的光明。"这是20世纪40年代南京城百姓都会哼唱的一首歌,名叫《钟山春》,是1941年上映的电影《恼人春色》的主题曲。

歌曲第一段介绍了南京的钟山、石头城以及江南风光,又在第二段中加入了"大家努力向前程"和"起来,共燃起大地的光明"两句,反映出当时南京积极向上的民情。《钟山春》的词作者是著名侦探小说家程小青,当年的程小青不仅是一位崭露头角的新锐作家,更是一位进步青年,他把自

金嗓子周璇

己的满腔热情融入歌曲中，旨在通过电影将歌曲广泛传播出去，用以激发广大民众的爱国心。

《钟山春》演唱者是红遍大江南北的明星——周璇。

回眸红颜往事，周璇的芳名一定会让你难以忘怀。如果没有她，中国歌坛会缺少一种委婉，影坛会缺少一抹清丽。

自来到这个世界，似乎就注定了周璇传奇的一生。关于身世，她苦苦探寻，但始终得不到答案，她不知道妈妈在哪里，甚至自问自己到底是谁。关于她的名字来历也有多个版本，最具情节性的说法是源于上海沦陷前夕的进步歌舞剧《野玫瑰》，剧中曲《民族之光》有句歌词："与敌人周旋于沙场之上。"缘此，在黎锦晖的建议下，她改掉了原来周小红的名字。周璇正是因其在《野玫瑰》中的成功表演开始了她的演艺生涯。

1934年，周璇参加了上海《大晚报》举办的播音歌星竞选活动，其结果让她自己都感到震惊，她与当红艺人白虹、汪曼杰名列三甲。周璇被报刊评论为新出现的小歌星，前程似锦；电台称她的嗓子如金笛沁入人心，她也因此获得"金嗓子"的美名。其时她只有14岁。1937年，上海艺华影业公司拍摄了歌舞片《三星伴月》，由红遍上海滩的周璇担纲主角，并演唱了主题歌《何日君再来》。她用美妙嗓音最好地诠释了故事的缠绵，迷醉了观众。转年，香港影片《孤岛天堂》在表现舞场的情节时引用了《何日君再来》，周璇的歌声从此风靡大江南北。

周璇在《马路天使》中演唱的《四季歌》和《天涯歌女》也迅速成为当时最具韵味的歌曲。周璇曾出演了40多部电影，1947年上海的《电影杂志》采访她时问及哪一部是她最满意的影片，周璇很谦虚地回答："我都觉得不满意，不过《马路天使》最值得我怀念，因为许多朋友都喜欢它。"是的，不论到什么时候，中国电影都不会淡忘那个《马路天使》中青春活泼的女孩。

自古红颜多薄命，周璇与明月歌舞社的严华、绸布商人朱怀德、电影美工唐棣的几次婚恋有过欢乐、有过幸福，但最终失败的结局让她感伤无尽。周璇的一生，除了对于生命来去之间的迷惑外，更有她对知音的思求。

20世纪三四十年代，但凡周璇主演的电影在南京上映，就会引起轰动。南京各大影院逢有新片上市，常常会印制一些传单或小册子，或卖或赠，内容有影片简介、演职员表、明星介绍等，有的还附有幕后花絮报道。2015年1月15日《金陵晚报》发文介绍，1943年9月12日由卜万苍导演，周璇、顾也鲁、韩兰根等主演的电影《渔家女》在南京大华大戏院首映，大华大戏院为此专门推出了精美的宣传册，内中有记者对周璇的访谈、导演卜万苍的感言等。记者描述，去登门拜访周璇时，周璇亲自开门，她"小小的个子，穿着蓝布旗袍，梳着两条细长的小辫子，脸上堆着活泼的笑"。该文称，周璇没有大明星的架子，拍戏时总是遵守工作时间，服从导演指挥，有的镜头试了又试，拍了很多次，她总是耐心地拍，毫无怨言。

礼和洋行的南京故事

在中国近代史上,特别是商贸发展进程中,在华德商礼和洋行曾驰名南北,备受瞩目。

清道光二十二年(1842),清政府与英国代表在南京签订了中国近代第一个不平等条约,即《南京条约》,开放广州、福州、厦门、宁波、上海为通商口岸。此后,德意志的邦国普鲁士王国、萨克森王国在广州设立了领事馆,首任领事为巴甲威(又译卡·佛慈)。道光二十五年(1845)秋,巴甲威与在广州经商的德国人海谷德合资创办了礼和洋行。最初,礼和洋行主要代理欧美轮船、保险业务。后来的二十多年间,礼和洋行的股东曾几次发生变化,但名称未改。

同治五年(1866)、光绪三年(1877),礼和洋行香港分行、上海分行相继成立,其在中国的生意也在增速。礼和洋行进一步拓展进出口贸易,把中国的猪鬃、桐油等销往欧洲、美洲、大洋洲、非洲等地;再将包括德国在内的欧美国家的五金、染料(纺织品染色颜料)、机器、电器、照相材料等运到中国,从中获取利润。如此营生礼和洋行仍觉不解渴,于是又涉足军火买卖,由其独家代理的德国克虏伯炼钢厂的武器、机器、机车等,被源源不断转运东方。

大发横财的礼和洋行有了资本积累后,鉴于中国沿海口岸的发展变化与前景,便将目光集中到了上海。光绪十三年(1887)前后,礼和洋行上海分行变更为总行,地点在江西路(近九江路,今江西中路)。光绪二十四年(1898),礼和洋行在此兴建新的办公楼,历时数年建成。此楼高4层(连屋顶层为5层),在当时的上海洋行中堪称最大。据1904年的《德国建筑报》记载:"在靠近市中心的地方,出现了越来越多的商业办公和居住有机结合起来的楼房。这幢新近落成的具有多种功能的上海第一家德国公司——礼和公司高耸的商业大厦就是一例。"1924年4月27日《申报》报道:"德商礼和洋行,其旧居在江西路十八号。近在四川路苏州路转角,自建五层高大洋房,业于前日迁入,并发柬邀请各界参观……屋顶可以俯瞰苏州河全景,与隔岸邮政局新局遥峙,风景极佳。"文中的"四川路"即今天的四川中路。

礼和洋行的销售网络不断扩张，先后在天津（1886年，一说1891年）、汉口（1891年）、青岛（1902年）、济南（1906年）、沈阳（1930年）、南京（1930年）设立了分行。礼和洋行在南京的生意也非常红火。

《德商礼和洋行在华经营军火活动情况》（刊于《文史资料选辑》第38卷第110辑）一文作者丁福成曾是德商礼和洋行在南京的代理人。全文描述了第二次世界大战之前德商与派驻我国的德国顾问团的成员同国民政府进行军火贸易，以及国民政府在抗战全面爆发之前大量购进德国军火与其他器材、物资等鲜为人知的情况。

丁福成留美回国后，在1930年以前主要在上海开设兴华贸易行，专营汽车配件进口业务，营业情况一般。当时，他也代销礼和洋行的商品，主要是精密度显微镜、美国汽车轮胎、德国医疗器材、化学原料等。

丁福成在该文中回忆："我第一次到南京兜售时，既无门路，又无目标，盲目地向内政部卫生署与署长刘瑞恒接洽，推销精密度显微镜，不想一谈就成功，真使我做梦也想不到那么便当，立即签订了合同。他订购各种精密度显微镜达三百架左右，约价值美金五万元以上。"丁福成一炮打响，信心倍增，认为在南京发展营业大有可为，礼和洋行见此，

礼和洋行商标

也计划在南京设立分行。

1931年的时候,南京可供商业经营用房已经比较紧俏,分行地点设在哪里呢?作者在文中称:"这时由于南京房荒严重,租用适合房屋比较困难,想到一个偌大洋行把招牌长时期挂在中央饭店,有失威信。好在我上年所得的佣金不少,有钱可以利用,于是我就在南京中山北路购了一块地皮,造起一幢花园洋楼,出租给礼和洋行作为办事处。这座新屋挂起了红底黑万字德国国旗,大门外钉上了南京德商礼和洋行铜质招牌,和外交部大楼一南一北,望衡对宇,非常引人注目,无形中做了广告。当时在南京的洋商中,礼和洋行独树一帜,场面不小,其他洋行无法比拟。在南京行开始成立时,没有德方代表,对内对外都由我全权办理,只有一个德籍工程技术人员,负责科学技术指导工作。由于业务扩展,行内还雇用了中文和外文秘书、打字员、伕役、汽车司机。南京地区辽阔,交通不便,行内备有小汽车二辆,作为交通工具。每月由上海礼和洋行拨给法币六百元,供南京行勤杂人员一切开支。"

此后,礼和洋行南京分行在丁福成的操持下发展得风生水起。南京礼和洋行的业务涉及兵工材料、军用器材、轻重武器、重型机器、机车车辆、飞机船舶,以及军用光学器材等。有赖于与政府部门的融洽关系,由南京分行经手,为政府向外国订购军用物资等,礼和洋行大发其财。《德商礼和洋行在华经营军火活动情况》一文中比较详细例举了1931年至1937年间订购物资的品种、数量、所得利润等,其数额不可谓不大。

另外,南京紫金山天文台通过礼和洋行订购了天文台的全部设备,包括气象台上用的精密仪器仪表,总价值百万美金。丁福成在文中概括称:"上海礼和洋行经理刘伦士对我说过,南京礼和洋行在这六年当中,经售各种军用物资,约计总价值在二万万七千万金马克,折合美金九千几百万元。"

1937年南京沦陷后,南京礼和洋行撤销,丁福成在沦陷前只身经汉口去了昆明,1940年在昆明开设企业供应公司,同时与昆明礼和洋行办事处保持联系,替南京礼和洋行收结未清账目。他也常到重庆,向有关部门催收款项。

除了大宗生意,礼和洋行同样注重小生意,只要能获利就好,比如卖缝衣针。早在清光绪十年(1884)初,礼和洋行就在《申报》刊发广告称:"兹本行自运英国上等坚钢洋针,身子纯熟,比众不同,以蒙各省城乡市镇,四远驰名。今本行格外加工精细,拣选从前之患。每箱十万枚,如贵客合意者可向本行面订可也。"

礼和洋行广告

再来说礼和洋行的染料生意。自19世纪70年代开始，中国国内的机器织布业逐渐发展起来，土布印染市场对于染料的需求不断增加，销路广阔。这一时期，礼和洋行、禅臣洋行（德商）等将德国染料代理到中国，委托上海一些洋广杂货商号来销售，如此不仅开发了新市场，还推动了中国沿海城市相关商业的兴起，使得专营进口染料的颜料行、染料庄遍地开花。光绪二十六年（1900）前后，礼和洋行又带来了上好的靛蓝。中国民众日常生活中尤其喜欢蓝色，靛蓝很快风行城乡。从此，靛蓝成为礼和洋行染料业务的主打产品。染料在南京民间同样大有销路。

笔者收藏有一张礼和洋行的老商标，大致是清朝末年使用的，原本贴在靛蓝染料罐外，商标的广告作用凸显。画面中是一家染坊正在晾晒深蓝色布的情景，伙计刚刚晾好长长的一匹布，这时候东家老爷来了，他指着布匹，好像在说："此靛真好，永不变色。"而这一句正是礼和洋行的广告语，被清晰印在标签上方。不仅如此，画面左右两侧还写明："礼和洋行始创，染法内有仿单。"意思是说，这种颜料是我们首创的，顾客可以放心使用，至于具体用法，罐里有说明书可参考。

笔者还曾见一张礼和洋行的老仿单，其上悉心标注，靛青粉在中国畅销已久,但有的染坊在使用时仍不得要领,特此重新说明:"染时须将布物用梧子水浸透,然后放入颜料缸内,染毕必须再用梧子水浸洗,庶可无变色之虞,无论太阳晒,肥皂水洗等情,决不泛红。故特加此仿单,请赐顾诸君照此仿单染法试之为幸。"这里的"梧子",即五倍子,是盐肤木上一种特有的蚜虫寄生虫瘿,是传统中药材,早在《山海经》中就有记载。五倍子的提取液也可用于染色,染得更深,牢固度更好。

阿部市洋行分设南京城

清光绪二十五年（1899）南京（以下关为核心区）开埠通商后，西方各国的洋行、公司纷至沓来，主要有德商美最时洋行、京宝公司，英商太古洋行、怡和洋行、和记洋行，日商邮船会社等。外商纷纷在下关建楼房，设货栈，新街市很快形成，俗称"商埠街"。与此同时，商人又在南京大马路沿街造屋开买卖，各种商行、酒肆、茶楼、旅馆与日俱增。商埠街与大马路相连，很快成为南京著名的繁华闹市。光绪三十三年（1907）九月，两江总督端方在呈报清廷的奏折中称："下关百货流通，商务日臻繁荣。"由此至20世纪30年代初，南京的进口贸易、出口贸易（主要是土货）皆增长了700倍上下。

自20世纪20年代开始，日商阿部市洋行将分支机构开设到南京，主要从事纺织品、茶叶等商贸活动。

笔者收藏有几张民国时期标有"阿部市洋行"或"阿部市老厂"字样的纺织品广告商标画，如万锭黄金牌、御花园牌、金山寺牌等，审视故纸，"阿部市"之名引人一探究竟。

阿部，乃日本姓氏。说到阿部市洋行，还要从其创始人阿部房次郎（1868—1937）谈起。阿部房次郎生于日本滋贺县彦根城，本姓辻，少年时代在绸缎庄当过学徒。1892年毕业于庆应义塾（学校），后到近江银行工作。1895年，27岁的他与当时纺织业富商阿部市太郎的长女结婚，同时入赘阿部家，改姓阿部。成为婿养子的阿部房次郎开始投身商贸领域，凭借超群的经营能力，在1914年前后组建了东洋纺织公司。

1914年第一次世界大战爆发后，阿部房次郎大量承包欧洲多国的军需布匹买卖，大获利润，又逐渐将生意扩展到中国、印度等地。阿部市洋行（Abeichi & Co.）在上海的分庄创设于1915年左右，位于公共租界四川路（1945年后称四川中路）。1918年战后，阿部市洋行在我国沿海地区大量兜售棉布，几年后在沪投资建设了裕丰纱厂。据四川人民出版社1995年版、黄光域主编的《外国在华工商企业辞典》显示，阿部市洋行在1920年改组为私营有限责任公司，总

阿部市洋行老商标

公司（母社）是大阪又一株式会社。

广告是工商贸易必要的宣传手段。老上海商业美术画家、擦笔水彩画的开拓者郑曼陀曾为阿部市洋行创作过一幅精美的月份牌广告画。画面顶端标有"又一株式会社"楷体大字，其下注："华名：阿部市洋行"。画面显示，阿部市洋行的总行位于日本大阪，当时在上海、天津、汉口设有分行。广告词曰"本行制造新式花标、印花法绒、洋纱漂布、花素罗缎、直贡哔叽、宁绸洋缎"等，可谓一应俱全。及至后来，南京、镇江、南通、嘉兴、苏州、杭州、安庆、北京、石家庄、张家口、济南、芜湖、蚌埠、广州、香港等地皆设有阿部市洋行的支店或营业所。

阿部市洋行曾使用多个品牌来推销各类纺织品，如：金山寺牌、竹林钓鲤牌、茶花女牌、寿星图牌、唐太宗牌、鹤时计（仙鹤造型的古代计时仪器）牌、御花园牌、步步高升牌、定福君牌、访友图牌、文明戏牌、新发明牌等。从这些品牌的命名来看，阿部市洋行对华营销融会贯通了"入乡随俗"的理念，注重吸纳中国传统，且放眼时尚潮流。值得注意的是，每一品牌都有一张精美商标画，让人目不暇接。笔者收藏的万锭黄金牌商标画好似质朴的民俗风情图，画家以传统工笔技法描绘了乡村某户人家，一男子正推着车归来，车上满载金元宝。再看房舍前屋檐下,粉衣夫人携红衣儿郎出来迎接,小孩扬手招呼着爹爹,喜笑颜开的样子。图画雅俗共赏,贴合中国消费者的心理。

上述郑曼陀所作的对开广告画中,江南春意盎然,西湖畔桃花盛开,郁郁葱葱的草木掩映着彼岸的雷峰塔。"人面桃花相映红",只见一新派女子站在桃树下,上着月白色倒大袖袄,下配团花图案的湖蓝色洋裙,脚上的高跟鞋是淡蓝色的。女子装束色调和谐,突出清新温婉气质,而这正是辛亥革命后西风吹动下最时髦的打扮。这女子静静立在水岸,白皙手臂半露,一手轻托香腮,一手将一个酒红色的香囊紧紧地掩在胸前,若有所思。

从人物造型、色彩表现方面来审视,此画与郑曼陀的代表作《女子读〈天演论〉》颇有异曲同工之处。清末民初萌生的月份牌广告画沿袭传统,主要以古典仕女、历史故事为主要内容,时装美女题材尚处在少数开明画家的构想阶段,而《女子读〈天演论〉》可谓破茧之作。之所以兼说此画,一是想表明郑曼陀在当时的重要地位,二是从一个侧面也可管窥阿部市洋行选择画家的不俗眼光。

阿部房次郎与中国书画文物也有情缘故事。辛亥革命前后时局动荡,藏于皇宫及官宦人家的文物大量流入民间。

阿部房次郎素来喜欢东方艺术品，起初曾收集过一些日本文物。由于洋行业务的原因，他频繁往来两国之间，受到日本汉学家内藤湖南等人的影响，对中国书画格外青睐。阿部房次郎常游历欧美博物馆，看到不少中国文物，深感保存东方美术品之必要，于是下决心收藏。大致从20世纪20年代中期开始，阿部房次郎收藏了若干中国珍贵书画。1937年阿部房次郎去世，1943年，其家人遵照他的遗愿，将所藏160余件中国古代书画捐赠给大阪市立美术馆。

大名鼎鼎的"瓜子眼药"

南京白敬宇制药厂（原南京第二制药厂）是中华老字号企业，其前身白敬宇眼药厂，是中国早期知名的制药企业之一。笔者收藏有一张民国时期"瓜子眼药"的广告传单，故纸上的诸多信息值得回味。

老年间的瓜子眼药很知名，因药粒像瓜子，故得名。白敬宇品牌瓜子眼药虽原产于河北定州，但后来与天津、南京等地多有交集，这张故纸顶端赫然写着"天津警察厅化验注册批准出售"字样，而且该眼药曾在天津东马路闹市以及娘娘宫驻庄售卖，因疗效确切、神速，曾被誉为"娘娘宫三宝"之一，可谓家喻户晓。

瓜子眼药最早可追溯到明朝永乐年间。白家先祖最早在西域以行医卖药为生，成吉思汗进军黄河北岸后，白氏迁居定州，薪火相传，子孙后代皆有良好继承，成为当地的回族名医。当时，有一位叫"白敬宇"的人在定州城内开设了"金羊眼药铺"，传说乾隆爷下江南途中两眼红肿痛痒，用了金羊眼药后药到病除，大喜，特御书"金羊眼药铺"赐赏，从此定州白家眼药声名大振。1915年，瓜子眼药获巴拿马太平洋万国博览会金奖。

20世纪30年代，白敬宇眼药行迅速向大城市扩展，先后在南京、北京、天津、石家庄、祁州、开封、郑州、济南、西安、汉口、长沙等地设立了分号。

1931年前后，白氏掌门人白泽民派弟弟白双十来南京发展，在升州路设立白敬宇眼药庄。1933年，白泽民在南京扩大制售业务，租用上海银行大厦的一楼和三楼，正式制造和销售白敬宇眼药。该药疗效好，很快畅销八方。抗战期间，白敬宇药厂迁址到重庆，销路受到影响。抗战胜利后再度回到南京，于朱雀路复业，并改名为白敬宇眼药行，眼药继续受到各界欢迎。1939年，白泽民把"金羊"商标改为"鲸鱼"商标，取"敬宇"的谐音，7月，鲸鱼商标获国民政府商标局颁发的二十年有效注册证。

按现今的中医药文化资料及传承因素来综合分析，瓜子眼药的主要成分包括炉甘石、冰片、麝香、熊胆、黄连等，制作时将药材研细和匀后用荸荠汁、冰糖水调和，成瓜子样的锭剂。仅供参考。该药能消肿止痒，明目退翳，主治暴发火眼、气蒙昏花、红肿痛痒、流泪怕光、外障云翳、眼边红烂等。另外，该药与传统的拨云散也有关联。

为搞明白这张瓜子眼药故纸流传的大致时间节点，笔者仔细研读，发现信息量真不少，其中称"每块纹银三分，不折不扣，言无二价"，结合上文信息觉得有几个关键要素值得注意，比如"天津警察厅""纹银"等。

清光绪二十七年（1901）《辛丑条约》签订后，清政府在天津设立警察厅，这是我国历史上第一个警察机构。当时，警察厅的职权范围比现今大，对药品生产营销也有监管职责。天津依河傍海交通发达，是距定州最近的港口码头，成为白敬宇瓜子眼药行销发展的重要基地是理所当然的事。同时，在天津驻庄且获天津警察厅官方许可，对商家来说也具有相当的分量。

所谓纹银，因铸造后外观有水波纹或螺纹而得名，它非实际银两，是流通货币之一。按清朝官定标准，好纹银的成色应为93.5%左右，俗称"十足成纹"。近代思想家、实业家郑观应在《盛世危言·铸银》中称："纹银大者为元宝，小者为锭。或重百两，或重五十两，以至二三两。"以后一

中山第一雙料黑瓜子眼藥									
賜顧者認廣新譽發票記趙	南關大街藥王廟南路西	言無二價本局開設祁州	每塊紋銀三分不折不扣	骨簪蘸涼水點無不神效	水洗眼將藥用指甲搖碎	等症向晚用知母黃柏煎	暴疼夜重晝輕黑星亂飛	火旺水虧瞳子散暗黑睛	此藥專治少陰腎經虛熱

瓜子眼藥老廣告

些地方又有新标准,如含银量不低于 99.6% 的称为纹银(纯银);含银量在 99.6% 以下,在 99% 以上的称为足银。纹银流通很久,直到 1933 年国民政府宣布废两改元,规定所有收付不得再用银两,一律使用银圆,纹银才从此退出流通领域。由此可知,这张瓜子眼药广告故纸至迟印行传播于 1934 年以前。

另外,故纸上广告文称:"本局开设祁州南关大街药王庙南路西,赐顾者认广新誉发票。"很明确,祁州(今河北安国,素有"药都"之称,紧邻定州)的赵记广新誉商号分销瓜子眼药,正是此故纸的主家。那么,故纸上"中山"二字如何解读呢?春秋战国时代,中山国位于赵国和燕国之间,都城即相当于今河北定州(后迁都灵寿),因城中有山,所以称中山国。

顺便一说,笔者还收藏有一枚 20 世纪 30 年代白敬宇瓜子眼药专门印行的信封,信封背面是广告,据文字获知当时白敬宇还开展函购业务,方便偏远地区的患者。恰好,信封与这张故纸权算姊妹吧。

时光荏苒,新中国成立后的 1951 年,白敬宇眼药总行正式迁至南京市颐和路 10 号,下设南京、汉口、重庆分行。1953 年,企业又在南京玄武区黄家塘购厂房近三千平方米,于1954年迁至黄家塘10号,并更名为南京白敬宇制药厂。到了1955年9月,公私合营南京白敬宇制药厂股份有限公司正式成立,此后陆续有雷迅、新生等多家药厂、药社并入。1965年,该厂与健康制药厂合并,更名为金陵制药厂,1966年再度易名为南京第二制药厂。

月份牌画高手胡伯翔

胡伯翔，老上海画坛、特别是商业美术月份牌广告画领域的一代名流。他是南京人。民国初年，18岁上下随父从南京到上海，以独到的中国画造诣时常参加一些著名的画会活动和书画展览，名扬沪市。当时烟草业巨头英美烟公司很注重广告宣传，当然看重如此高手，曾以月薪500银洋的"天价"请胡伯翔入主公司广告部。与此同时，英美烟公司一些歧视华人的规章，如不准乘坐洋人专用渡轮、不准与洋人同用一厕等，对胡伯翔也特开例允许，以示笼络。

胡伯翔的成功得益于很好的家传。其父胡郯卿，号龙江居士，本是名家。胡郯卿画艺娴熟，擅长写意花鸟走兽，同时有出众的鉴赏眼光。他与书画大家吴昌硕交好，吴昌硕为人热情，鉴于胡郯卿的书法相对较弱，常常主动在胡郯卿的画上代为题跋，使胡郯卿的作品大为增色，甚至有喜欢吴昌硕书法的人，因为爱吴昌硕的款而买胡郯卿的画，这在当时也传为画坛趣事。那一时期，胡郯卿与吴昌硕、王一亭、程瑶笙并称为"海上四大名家"。

子承父业，胡伯翔少年时代就显露出良好的绘画天资，他画下许多南京及周边的风景名胜，创作不停，在家乡已小有名气。胡伯翔到上海后以画山水为主，也画人物走兽等。胡伯翔的作品深受前辈吴昌硕、王一亭、程瑶笙等名家赞许。吴昌硕曾在胡伯翔的画上题："缶年已七十余矣，见有宋元笔意者，胡君一人而已。"还亲自为胡伯翔订下润例，二人可谓忘年交。

胡伯翔应邀为英美烟公司、启东烟草公司等众多工商企业绘制了不少月份牌广告画，由此得以一展才华，驰誉上海滩。他主张艺术贵在创新，应为月份牌画赋予清新魅力，所以在月份牌画创作中注重笔触圆润浑厚，用色柔和亮丽。1929年，蔡元培发起举办全国美展，胡伯翔应邀展出了《嘶风图》《松荫煮茗图》等，且被聘为教育部全国美术展览会审查委员。

胡伯翔多才多艺，也是中国早期摄影的开拓者之一。1928年他与郎静山、黄伯惠、陈万里等人一起组织了中华

胡伯翔绘制的汉宫《丽娟》图

摄影学社。胡伯翔曾有《美术摄影谈》发表，被誉为我国最早论述艺术摄影与绘画之间不同点的专论文章。

1931年秋天，胡伯翔以"表彰真实艺术，提高标准，使国民艺术，有时代精神，与民族特性"为宗旨，自费创办了《中华摄影杂志》。20世纪40年代，胡伯翔也从事实业活动，曾任家庭工业社总经理、工业协会常务理事、机制国货工厂联合会常务理事、生产促进会上海分会副理事长、上海市化妆品工业同业会理事长等职。新中国成立后，他成为中国美术家协会会员、上海市美术家协会会员、上海中国画院画师。

扑朔迷离"入城"图

早些年,在旧书网上见到一张老商标画,其品牌名叫"入城印",粗粗品鉴后,看重图中的抗战内容,不能错过。故纸入手,见尺幅虽不大,但品相毫无瑕疵,也算喜获。小画上还标有"学生服"三字,据此推测,它大致是民国时期学生服装或相关布料的品牌商标。

除上述几字外,故纸上再无一字,厂商名一无所知。接着看画面:一列日军军官骑在高头大马上,正通过某古城门耀武扬威而来,头前一人还向两侧夹道欢迎的日军士兵行着军礼。另外,城门上空又有几架战机盘旋呼啸。观此,我心如刀割——这是中华土地,竟被侵略者如此肆无忌惮地践踏!那么,日军进入的是哪一座城呢?画面无解,短时间内又不易判断,我便小心将它夹在了收藏册中,期待假以时日能获知答案。

2014年5月19日,我在整理资料时再见"入城印",它又一次勾起了自己的心事。都说"高手在民间",人云"微博很万能",于是手机拍照小画,发出微博求教:"淘宝收获民国时期入城印牌纺织品商标,请问此图描画的是侵华日军入城何处?"为了更快更准确获得信息,我在附言中还允诺将赠送小礼品给首位理据充分的答疑者。

微博发出不久,太原网友武先生回应称:"从城门形式看,只有城墙、城门,没有城楼,应该是在长城,或许是山海关、大境门。"沈阳网友李先生称:"是奉天城门,旧年的伪满明信片上有这个城门,回头帮你找找看。"另外,苏州藏友少鹏兄说,他也见过这张商标,印象中画的大致是南京城。莫衷一是,让我这"虫子"研究起来真可谓一时难以下嘴。说实话,前几年忘记是在哪也发过一句简要的问询,也得到过"南京"的解答,但文史研究的证据得来、一探究竟谈何容易啊。

此事过后,我没等来"帮我找找"的明信片,也问过本地收藏明信片的朋友,没有结果。2014年6月中旬,一日闲来无事,我又想起"入城印",便结合如上关键词在网上有心无心地闲看、检索。过程中,有一段侵华日军战地记者拍摄的《1937年日军南京入城式》纪录片资料引起了我的注意。录影时长4分16秒，较完整记录了当时日军进入南京中山门的情景。其中的史事、画面与"入城印"商标画面极为相似，比如日军姿态、行进马匹、城墙风貌等。

话说1937年，注定是中华民族不平凡的一年。11月12日，日军侵占上海，随后将下一个攻击目标锁定历史文化名城南京——当时国民政府的首都。

11月20日，唐生智受命担任南京卫戍司令长官，罗卓英、刘兴为副司令官，率军约11万人固守南京。再看侵略军，以松井石根为司令官的日本华中方面军大致有9个半师团，外加辅助支援军，总兵力约20万人。12月1日，日本最高统帅部下达华中方面军的战令，松井石根命令一部分兵力把守上海，其余兵力围攻南京。松井石根于12月7日起草了《攻占南京要略》，12月9日日军在南京空投《投降劝告书》，限我守军次日正午答复。12月10日下午1时许，日军见劝降不成，遂开始对南京发起总攻。双方激战到12日，南京城垣多处被摧毁，我守军也乱了阵脚，随即不多时，唐生智根据蒋介石的命令，向守城部队下达撤退令。13日上午，日军率先从南京中华门攻入城内，光华门、中山门、和平门也很快被攻陷。城池沦陷，震惊世界的南京大屠杀由此开始。

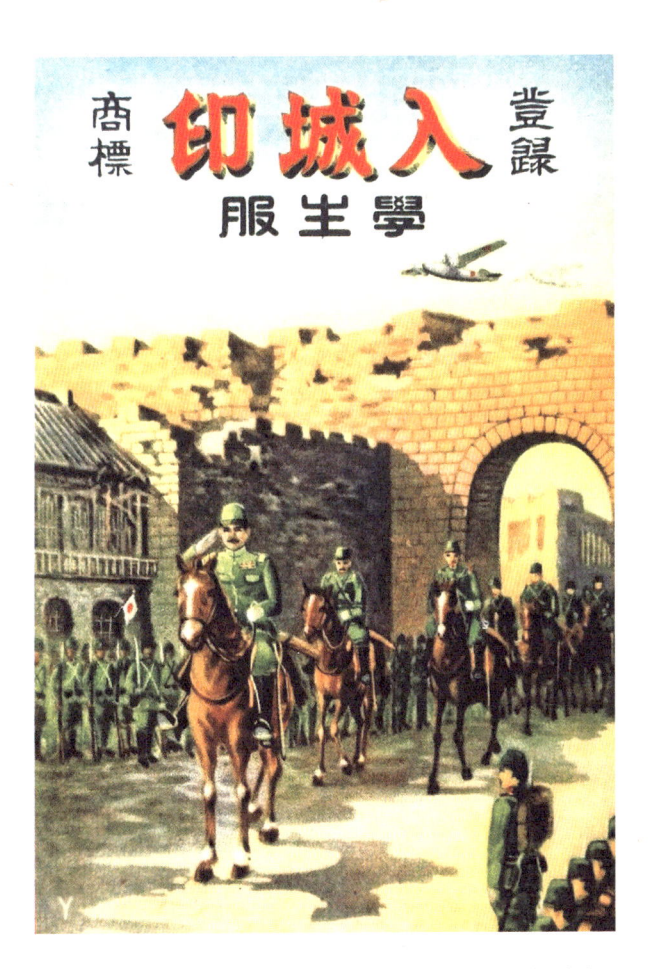

日商《入城印》商标

（南京）威風堂々皇軍の入城　南京城中山門
Chusanmon in Nankeenjyo, Nankeen.

日寇侵入南京城

1931年"九一八"事变后,日军得胜进入北平、天津、上海等地时,都会举行所谓的"入城式"以表"庆祝",并通过专门的摄制组拍摄实况纪录片,然后在日本国内放映,宣扬军国主义以及所取得的战绩。

1937年12月17日,日军在南京照例举行"入城式"。一早,松井石根乘海军汽艇逆江而上,又换乘小汽车来到南京中山门参加仪式。据2014年第2卷《日本侵华史研究》中经盛鸿、经姗姗撰《松井石根与南京大屠杀》一文表述:"下午1时30分,松井石根为首,其部将与幕僚们紧随其后,分乘日本高大的东洋马,耀武扬威地由中山门入城。参战的日军各师团组织起全部日军的三分之一,作为部队代表,武装列队在从中山门到国民政府前的马路两侧,接受检阅。日军还强迫一些被抓来的中国民众手持小太阳旗,站立路边,表示'欢迎'。"

松井石根志得意满,不可一世,其官兵行进也如入无人之境。此情此景与商标画上所表现的如出一辙。

再来说说中山门。其前身是南京明城墙的13座城门之一,乃朱元璋修建,当时为单孔券门,因位于南京城东,最先迎接太阳,故称朝阳门。历史上,太平天国与曾国藩的湘军曾多次在此激战,辛亥革命时的江浙联军也是从这里攻打南京的。1927年,在兴建中山陵大道时,因原瓮城不便行车,国民政府将门拆除,重建了一座三孔拱形门。次年7月,南京城7处城门更名并整修,朝阳门改称中山门,沿用至今。

话往回说,网友先前提到的"奉天(沈阳)城门""山海关""大境门"等又是怎样的情形呢?我查看了诸多清末、民国时期的老照片,见奉天城、山海关的城墙城门上皆筑有高大宏伟的门楼,显然与商标图画难以对应。

检索张家口大境门旧影,见其上虽无门楼,但与史实又不甚相符。比如,1937年8月日军侵略张家口时,国民革命军守军第29军与日寇发生激战的地点主要在平门外赐儿山。日军正面攻不下,后绕道孔家庄迂回到赐儿山背后夹击国民革命军。10多天后,国民革命军不敌日军,撤退到了石家庄。8月27日,日军侵占了张家口,也有老照片记录了当时日军进入大境门的情景。大境门是单孔券门,城门上"大好河山"的匾额异常醒目,这一点显然与商标画上的城门有别。再有,目前还尚未见到日军在大境门举行过"入城式"的史料。

看来,离解开商标画之谜的日子不远了。2014年6月20日一早,我在整理微博时又见到上述那条5月19日发出的问询,为了验证自己那天过后的一些考索,于是再次以"接着求答疑"为导引转发了旧微博。很快,有热心网友T女士将我的信息推送给南京大学历史系教授、南京大屠杀史研究专家张生先生,张老师在微博中给出的答案是"南京中山门"。随即,又有多名网友也给出了同样的回答。

看似尘埃落定了,但唯独重要的一点不同是,老照片、录影片的横画面曾将南京中山门拍摄得很清晰,它是三孔拱形门,而老商标画所绘的是单孔城门。那俩孔门哪去了?疑问难消。或许是因为商标图为竖画面的缘故,更或许是艺术高于生活的原因,当年的画家在设计创作时"提炼升华"了中山门。

布拉吉·海军衫

新中国成立初期南京有童谣唱道:"一进堂屋亮堂堂,房里摆的大花床,姑娘穿的花衣裳,小伙子穿的'列宁装'。"那时候,我国与苏联十分友好,与此同时,一场轰轰烈烈的"向苏联老大哥学习"的风潮席卷大江南北。南京人的衣着打扮当然要紧跟潮流,苏式服装成为革命的象征,列宁装一度成为最流行的款式。

列宁装,因列宁在十月革命前后常穿而得名,其式样为西装斜纹布上衣,开大翻领、双排扣,双襟中下方有暗斜口袋,腰部束布带。列宁装有单衣,也有棉衣。开始,列宁装只是男装,后来在中国经过发展演变也受到女子欢迎,尤其是系腰带更能凸显曲线美。在南京女子眼中,穿列宁装,留短发,看上去朴素干练,英姿飒爽。同时,穿列宁装显得

新中国成立初期药品广告上的先进女子形象

思想进步，所以成为政府机关干部的典型服饰，缘此也得名"干部服"。

紧随其后，"布拉吉"来了。布拉吉是俄语的音译，就是连衣裙的意思，样式颇有特色，是苏联女子的日常服装。据说，苏联女英雄卓娅、歌曲中的"喀秋莎"都热衷布拉吉，所以，这种苏式连衣裙传到中国后立刻成为一种革命与进步的象征。我们的布拉吉完全承袭了苏式，它是一款短袖圆领的连衣裙，下摆有褶皱，面料图案以碎花、格子、条纹为主，腰间还可以系上一条布带。布拉吉不是无袖或吊带的，大大有别于当时概念上的资产阶级作风的裙子。

布拉吉花裙子备受南京女人欢迎的另外一个原因是它备显女子的身材美，且便捷、轻盈、活泼、价廉。看街面上，各个阶层的年轻女性，甚至幼儿园的小女孩，都兴穿布拉吉，到处是布拉吉飘舞的风景，好似千万花朵竞相开放。女人们以最朴素的情感，最昂扬的精神，投入新中国建设的火热的生活中。当时，在南京、上海、广州、天津等发达城市里也有很正规、很同志化的周末舞会，优雅的布拉吉以及花色长裙堪称舞池中最温馨浪漫的色彩。自然，一件布拉吉会令很多年轻人向往不已。

那个年代鲜有昂贵、暴露、轻佻的服装，女人们很阳光，崇尚刚健清新之美。布拉吉向人们展示着美好的理想与明天,很快,"布拉吉"成为南京妇孺皆知的最常用的外来语,风靡一时。

20世纪50年代末60年代初,随着中国与苏联关系的不断恶化,布拉吉的名字逐渐淡出了我们的生活。但是,布拉吉作为一种文化符号,在南京女人心中却久久没有散去,连衣裙依旧以柔美的形式打动人、感染人。

与布拉吉同时代流行的还有海军衫。今天,南京的80后、90后青年所追逐的怀旧衣装中,便有经济实惠的海军衫,穿上它好似随时能听到远方对青春的呼唤。

白色、蓝色是海军特有的国际通用色,海军衫是许多国家水兵们常穿的衣服,又称水兵服、海魂衫、海纹衫,寓意广阔的大海与蓝天,水兵们穿上它更显精神抖擞。

海军衫在中国、在南京的兴起大致得益于20世纪50年代末的一部电影。1957年上海电影制片厂拍摄了黑白故事片《海魂》,这是全明星阵容的大片,根据真实故事改编,讲述了国民党海军某舰艇官兵起义的故事。其中,王丹凤饰演的台湾侍女温梦媛与赵丹饰演的水兵陈春官之间凄婉的爱情故事,更为该片添了一抹柔情。《海魂》也被誉为中国版的《魂断蓝桥》,引起轰动。片中穿着海军衫的陈春官面庞英俊,身手矫健,给老一代观众留下了不可磨灭的印象。

旧式的海军衫大多以军用100支或120支精纺棉制成,长袖,有翻领的、圆领的。面料正反面有横竖纹理的区分,侧面是没有拼缝的,号码从大到小分为1、2、3号。海军衫再配上蓝军裤,无形中加强了衫子的两色对比,倍觉英姿飒爽。那时候,水兵或海员手中的一件海军衫是非常金贵、摩登的,很多人愿意用崭新的高级白衬衣来换。后来,随着市场需求的扩大,包括南京在内的各地厂商也开始大量生产海军衫。地方制造的短袖或长袖的海军衫,面料比军品稍厚些,蓝白色条纹较窄,颜色相对灰暗一点,吸汗性、抗热性也不如军品,但它仍旧被视为模仿海军的最好的代用品。在南京,曾有一度海军衫是需要衬衣票、布票来购买的,一件海军衫足以成为一份炫耀。

尽管如此,加之旧日里的生活并不富裕,但依然没有挡住海军衫时尚化的流行。20世纪六七十年代,参军卫国是南京无数少男少女的梦,可这绝非易事,更不用说成为一名空军、海军了。所以当时的青少年更喜欢海军衫,毕竟它能承托梦想,带来希冀。还有一个原因是,那年月里的不少"摩登"衣裳被视为奇装异服,但海军衫却并不是。南京大街上,放眼望,朝气蓬勃的青年和孩子们几乎都穿海军衫,就像有的童谣唱道:"海魂衫子大翻领,毛蓝裤子宽裤腿。小白鞋,大背头,军帽一戴就是牛。"

海军衫的流行犹如军人的品格,就像大海的力量,经年不休。到了90年代,"魔岩三杰"之一的何勇以海军衫亮相在南京歌迷面前,他那海军衫加红领巾的造型已不再是改革开放前后青年青涩的状态,而是一种狂野,是一种怀旧。后来,相继有更多的明星穿着海军衫出现在镜头前,引来时尚男女的竞相模仿,一股流行风再度兴起。最抢眼的是法国时尚顽童Jean Paul Gaultier也嫁接了海军衫的元素,打造出了一件件充满国际范儿的精品,其价格已过千元。

是的,南京的时尚青年发现了,衣柜里有一件永不过时的衣服——海军衫。

南京有"熊猫"

南京是中国无线电工业的重镇。笔者收藏有几册国营南京无线电厂的老收音机说明书,1957年该厂生产出红星牌505-1型五灯中短波收音机,它性能优良,"能收听国内外调幅广播电台之各项播音节目……能借拾音器播送唱片音乐"。

说到这里,说到"灯",我们还要从广播与收音机的故事谈起,从那曾经让人望而却步的"灯"谈起。

1904年英国物理学家发明了第一支电子二极管,为收音机的发展提供了更先进的技术与物质条件。电子管收音机也叫真空管收音机,旧时所谓"三灯机""四灯机"等就是指电子管的数量。自20世纪20年代开始,进口到我国沿海城市的美国货、英国货、日本货等,从三灯机到十灯机档次不一。

洋商们对收音机的推销可谓不遗余力，图文并茂的广告似乎一夜之间就充斥在了大小报纸上。虽然许多收音机的广告号称特别廉价，如上海亚尔西爱牌新款四灯机售价大洋187元，八灯机售价375元，但当时有份好工作的职员月收入不过几十元，而工人的收入只有二三十元，甚至更少，收音机的价格令大多数顾客望而却步。有鉴于此，得力风根牌收音机在1928年中期《北洋画报》的连篇广告中称："收音器之优劣，不在乎灯泡的多寡，灯泡少（即消耗少）而功效大之'得力风根'收音器，始允称为——价廉物美！"

同一时期，南京、天津、上海等地的市面上也出现了组装的"地产机"，平均价格只有进口货的十分之一左右，可致命的问题是收音效果不稳定，音质较为嘈杂。顾客在两难境地中面对的依旧是洋商"一分钱一分货"的宣传攻势。

1935年至1936年间，湖南电器制造厂（南京无线电厂前身）、上海亚美无线电公司引进国外先进技术，分别制成了五灯收音机，各项技术指标可与进口机媲美，售价仅为舶来品的一半，开创了中国无线电制造业的先河。

早期的电子管收音机体积大（落地式的如柜子一般）、耗电多，虽有弊端，但人们似乎并不在乎这些，认为此物件

家中的高大收音机真气派

熊猫牌五灯收音机

可谓家中最气派时尚的代言，值得炫耀，这在当年美女如云、梦幻豪宅的月份牌广告画里即可见一斑。不仅如此，上海南华染织厂曾紧随时风，推出过好消息牌纺织品，商标画上有一架光闪闪的高如大柜的收音机，两个孩子正在观瞧并收听着"好消息"节目。这样的画面能不博得顾客的好感么？

1935年以来，以南京无线电厂红星牌收音机为先导，中国电子管收音机开始全面实现国产化。

到了1958年，南京无线电厂隆重推出"熊猫"品牌，先行上市的是506型五灯中短波收音机。除了正常的意见反馈与保修服务外，说明书末页还注明："如使用中发现有关电子管质量问题，请把情况反映给北京电子管厂，以利研究改进工作。"这本说明书的封底还印有多款红星牌收音机的照片，意在联动推销。随着技术进步，熊猫牌601型收音机于1960年面市，它以出色的技术指标和精美的外观造型，不仅赢得了国内听众，还率先进入国际市场，并馈赠给外国元首。直到改革开放初期，电子管收音机仍有市场需求。

有一个细节是，较之上两册说明书，601型的说明书用纸质量再度下降，为灰黄粗糙的土纸，三年困难时期的经济困难可想而知。尽管如此，那封面上的熊猫图以及收音机里播放的精彩节目，仍能让人们感到一种幸福。

后记

知道南京,还是在五六岁的时候,那时天津街头巷尾常能听到一句俗话:"从南京到北京,买的不如卖的精。"它是说生意人精明,是说民情。北京自不待言,那南京城呢?也定会街市熙攘买卖兴隆啊,我稚嫩的脑壳里认准那是一片繁华地。及至上学后,"六朝古都""十朝都城"的字眼深深刻在了我的记忆中。

每个城市都有自己的风范与故事。南京,自公元前472年越王勾践在现如今的中华门长干里秦淮河畔构筑越城,到公元前333年楚威王在清凉山建起金陵邑,便名闻天下了,直到民国时期1927年的南京特别市、1930年的南京市,在岁月长河里共经历过54位帝王、元首,建都历时447年,进而形成多层面、多元素的人文积淀与交融,深厚无比。再有，这座城市更是中国近代史起点和现代史终结的见证者。

历史文化遗产是城市生命之本，成长发展之源。如上所有的一切，在南京皆不乏活态遗存或清晰展现，这在整个地球村大致也是罕见的。南京拥有许多文保遗迹，乃至世界历史文化遗产，博物馆、档案馆、陈列馆、纪念馆收藏着许多珍贵文物和史料，六朝文化、明代文化、民国文化、近代革命文化等，呈现着人无我有的鲜明个性与特色。

有一种城市胸怀叫兼容并蓄。由于独特的区位优势，南京素来为兵家、政权必争的重镇，人口往来频繁。她同时是沟通南北的一方宝地，南北文化、中西理念在这里汇聚、交融，自然造就了南京海纳百川、凝重而不泥古的品性。

此地文化教育出色，名流辈出。丰厚的底蕴孕育了优秀的文化传统，彰显出不同寻常的气质。自古以来，南京的教育投入总是胜人一筹，太学、府学、县学、义学，以及近代以来的各级学堂鳞次栉比，尊师重教蔚然成风。南京是名篇名作诞生的沃土，名流雅士深深眷恋于此：李白、刘禹锡、杜牧等都留下过与此地相关的诗篇，《文心雕龙》的作者刘勰、《桃花扇》的作者孔尚任、《儒林外史》的作者吴敬梓、《随园诗话》的作者袁枚、《红楼梦》的作者曹雪芹等，也与金陵颇有情缘，徐悲鸿、林散之、傅抱石等书画大师与南京的故事更是不胜枚举。

这些文字的罗列，仅仅是我对这座历史文化名城一点宏观、粗浅的感受，且未言及其工商繁旺，其时尚摩登，其民情民风。

说来惭愧，我仅到过南京两次。虽每回都被她的魅力所感染，然毕竟属于随队参观考察或个人游历，难能静下心像土著一样慢下来一点点读懂她，似品一杯香茗，尝一杯老酒，那样多好啊。所以一直有个愿望，假以时日能在秦淮河畔安安稳稳地住上一段时间，去消磨岁月带给我们的故事。爱女毕业旅行之际，不少同学选择了出境游，在我的强烈建议下，她选择了古城南京游，归来后连说不虚此行。

感觉，任何一个人，怎样一段文字，之于南京，都不过是其历史长河中的一滴水，甚至恐有不及。但常言道，一滴水可以折射太阳的光辉，正是这句话给了我笔端一定的支撑。诚然，历史文化研究需要高屋建瓴，与此同时也需要"显微镜"或"放大镜"的解读，特别是信息爆炸、海量碎片化阅读的当下，大众读者似乎更喜欢人文细节的勾勒与呈现。

近三十年来，我搜罗收藏了大量老广告、老商标故纸，其中一些已具备纸质文献的研究价值，它们形式独特，五彩斑斓，信息明晰，足可引人发微。其中不乏与南京有千丝万缕关联的故纸，也有可资研究的价值。从自家一手故纸藏品入手，从细节着眼，侧重工商、时尚、民风，进而来拨动、来解读金陵岁月的华彩音符，让读者从不一样的细节，甚至是"微小"的层面了解南京的前世今生，这岂不是件有意趣的事？

看来，要完成这次"跨地域"的笔端行旅了。我想，这般机缘的由来，是老朋友张元卿先生的深切推动，因为他了解我的"家底"，也许他信心满满吧。元卿君在天津问学、工作、发展、生活十多年，我们久已是心心相通的挚友。

在津那些年，处世低调的元卿君始终在踏踏实实做学问，始终在为弘扬历史文化殚精竭虑。仅择其要说，他与学者王振良先生等一道编辑刊印《天津记忆》《品报》等民刊，接续推出，迅速享誉大江南北，乃至形成夺目的文化品牌。《天津记忆》曾着实让我感到一种力量与态势——编者全身心地投入，势如破竹地进取，更重要的还有纸页间满盈的爱乡情愫。元卿君在本职工作之余，为历史文化的保护与传承牺牲了大量宝贵的休息时间，投入了太多太多的心血，他们具有非比寻常的能力与战斗力。我敬佩。最值得称道的是，元卿君是一直在为别人做嫁衣，为学人师友编辑、推行各种文存、专辑,他们甘于奉献,甚至自掏腰包、四处化缘。我感动。

"这是什么精神?"毛泽东在《纪念白求恩》中有此句。我缘何言此呢?元卿君祖籍山西,振良君祖籍吉林,兄弟俩相识于南开大学。二位"外乡人"对天津人文的炽热情感,其实已远远超出我等土著。记得2010年3月10日在天津湘土情饭店的一次雅集上,大家交流着近期阅读《天津记忆》的感受,我脑子里忽想起白求恩的形象,想到《纪念白求恩》中的话语。"啊,元卿与振良千里迢迢来到天津,弘扬、保护津地历史文化成绩斐然,他们真像白求恩一样。"我的喃喃自语博得了师友们的认同,有学者接着说:"二位弟兄,天津为'沽',我们就称之为'二沽白'如何?""好!"众人鼓掌通过。后来"二沽白"就成为大家对元卿君、振良君的尊称代名,再后来元卿君缘此衍生了"白鱼"笔名。

元卿君对我的藏品了如指掌,不然不会如"鹰眼"一般瞄准那些故纸中的"微南京"细目,且更以"压缩战法"让我为他的第二故乡——南京做点贡献,使南京从千头万绪的故纸堆里"跳跃"出来。当我的思路还比较混沌的时候,出版社与元卿君已经抛来橄榄枝。如此,我便无路可退。实话实说,报刊上经年的几个专栏、另外的出版合约,以及日常的一些采访、稿约,已令我忙得手脑无闲赛陀螺,但我与金陵城情缘难了，与元卿君情谊深厚，那我就要安排好时间，力争将这册稿子写好。

平时的知识储备显然不足，在此过程中我东跑西颠查阅了不少资料，比如《宣统江苏通志》《南京文化志》《金陵图咏》《南京访古记》《新都胜迹考》《南京风物志》《金陵古迹图考》《金陵古迹名胜影集》等，前人著述为我答疑解惑，使我得以不断修正自己的笔迹。因为雅俗共赏、行云流水也需要言之有据，生发却不可随便"生花"。

这册《纸上金陵》虽是小书，但也是"故纸温暖"的生产，我必须认真编撰培育，用心修订装扮，不负出版社与读者的期待。如此，唯有撸起袖子挥汗如雨加油干。其实，吹空调常令我关节隐隐作痛，需穿长衫或套袖集中精神工作。唯愿滴滴汗水能透过小书文图，汇入南京古城的历史画卷中。亲爱的读者，您读后若觉得还有点滋味，那将是我们最欣慰的事。谢谢。

就在我最后一遍核校书稿时，放眼望，"微南京"丛书在逆境中已从一株春芽悄然萌发，形成系列，在历史文化界、出版界已崭露头角，果实的取得，当然饱含了策划人、出版人、编辑们的辛勤汗水。秀才人情纸一张，文人墨客素有写书籍广告的故事，那这段话就权算我为"微南京"做的一点"鼓吹"吧：脚踏实地精于"微"；精益求精旨于"深"，不负韶华，我与广大读者一道期待它枝繁叶茂的那一天。

由国庆
2020 年 4 月 23 日